天地外國經典文庫

Italians in Exile

漂泊的異鄉人

[英] D. H. 勞倫斯 著

D. H. Lawrence

劉志剛 譯

總序

多元化是香港文化的特徵之一，作為中西文化的薈萃之地，香港文化人手中的讀物，既有四書五經、唐詩宋詞、胡適陳寅恪，也有聖經和莎士比亞、培根和狄更斯。香港文化發展史，其中必不可少的一部份內容就是文化交流史。所謂文化交流，於香港人而言，就是研究和介紹由外國先進思想衍生的普世價值，以及各國的優秀文學作品，作為發展香港文化的借鑒。用著名學者錢鍾書先生的話來說，就是「東海西海，心理攸同；南學北學，道術未裂。」[1] 翻譯家傅雷先生在〈翻譯經驗點滴〉一文中說：「中國人的思想方式和西方人的距離多麼遠。他們喜歡抽象，長於分析；我們喜歡具體，長於綜合。」[2] 可見，同為人類，中國人和西人「心理攸同」；作為不同人種，他們的思維方式各有短長。香港各大學設英國語言文學系、翻譯系、比較文學系，文學院有歐洲和日本研究專業，目的就在於此。在這方面，香港有着足以驕人的成就。茲舉一例。有學者考證，俄國大作家列夫·托爾斯泰最早的中譯本《托氏宗教小說》就是香港禮賢會出版的（時在清光緒三十三年即一九零七年），以此為嚆矢，托爾斯泰的各種著作以後呈扇形輻射到全國各地，被大量迻譯成中文出版，對我國文學界和思想界產生了深遠的影響。[3] 再舉一例，上世紀六、七十年代，香港今日世界出版社聘請了多位著名翻譯家、作家和詩人如張愛玲、余光中、劉以鬯、林以亮、湯新楣、董橋，迻譯了一批美國文學名著，其中包括《美國詩選》《老人與海》《湖濱散記》《人間樂園》等書，到九十年代，這一批書籍已成為名譯，由內地出版社重新印行，對後生學子可謂深致裨益。

本經典文庫的第一和第二輯書目共二十冊。所謂經典，即傳統的權威性著作。它們有別於坊間流行的通俗讀物，以深刻、恢宏、精警見稱，在文學史、哲學史、思想史上具有崇高的地位，古今俱備，題材多樣。作為西方現代派文學的鼻祖，奧國作家卡夫卡的短篇小說《變形記》荒誕離奇，寓意深刻，揭示了社會中的各種異化現象。英國女作家伍爾夫的長篇小說《到燈塔去》以描寫人物的內心世界見長，她是最早運用「意識流」手法進行小說創作的作家之一，語言富有詩意。法國作家加繆的小說《鼠疫》《局外人》，是冶文學和哲理於一爐的存在主義名著，與同為存在主義作家的薩特齊名，在上世紀五十年代中亦因此而獲得諾貝爾文學獎。文庫還收有短篇小說集《都柏林人》（愛爾蘭小說家喬伊斯）及《最後一片葉子》（美國小說家歐．亨利），前者由傳統走向革新，更以代表作、意識流長篇小說《尤利西斯》奠下現代派文學的基礎。歐．亨利以堅持傳統的寫作手法而被稱為美國短篇小說的創始人。希臘哲學家柏拉圖的《對話集》，既是哲學名著，也在美學史佔有重要地位，在散文史上開了論辯文學之先河。英國作家奧威爾的小說《動物農場》，與他的《一九八四》同為寓言體諷刺小說的名著，在當今文學史上享有盛名。意大利作家亞米契斯的兒童文學作品《愛的教育》，早在上世紀初就由民初作家夏丏尊從日譯轉譯為中文，是當時傳誦一時的日記體文學作品，夏氏是我國新文學史上優秀的散文作家，譯文暢達，是以初版迄今，在兩岸三地屢屢重版。英國小說家毛姆的長篇小說《月亮和六便士》，以法國印象派畫家高庚為原型，它刻劃的人物人情練達，冰雪聰明，筆致輕鬆流麗，幽默感人。而這位作家的另一部小說《面紗》，雖非他最著名的作品，但有一點值得注意，這是以香港為背景的經典名著，而且在二零零七年經荷里活改編為電影（譯名《愛在遙遠的附近》）。英國小說家赫胥黎的長篇小說《美麗新世界》，與奧威爾的《一九八四》、俄國作家扎米亞金的《我們》，被譽為文學史上三部最有名的反烏托邦小說。美國小說家海明威的中篇小說《老人與海》，因「精通敘事藝術以及對當代風格的有力影響」而獲得一九五四年諾貝爾文學獎。本輯還收有同一作家上世紀長居巴黎時構思的特寫集《流動的盛宴》，兩書體裁雖略有不同，但都表現了海明威含蓄凝練、搖曳生姿的散文風格。兩輯收入風格迥然不同的兩位日本作家的作品，太宰治被譽為「日本毀滅型私小說家」的代表人物；永井荷風則與川端康成、谷崎潤一郎等唯美派大作家齊名。第二輯新增兩部詩集，其一為《莎士比亞十四行詩集》，其二為《泰戈爾散文詩選集》。前者是西洋詩歌史上最深宏博大的十四行詩集；後者雖然詩制精悍短小，但給予中國早期新詩的影響卻不容小覷，我們可以從胡適、徐志摩、冰心等人的小詩中窺見他的影響。

由於歷史和語言的原因，香港的文化交流存在一定局限性，未能臻於全面。它較集中於英美和日本，其他地域文化如古希臘羅馬、印度、德、法、意、西班牙、俄羅斯乃至拉丁美洲則較少為有關人士顧及。顯然，這不利於開拓香港學子的視野，對他們的思想深度也有所影響。有見及此，我們與相關專家會商，擬定出一套外國經典文庫書目，經資深翻譯家新譯或重訂舊譯，向讀者推出一系列包括文學、哲學、思想、人文科學的經典譯著，分為若干輯次第出版。藉以供香港讀者重溫他們所諳熟的英美日作家、學者的著述，也得以新讀希臘、意大利、法國等國先哲的力作。以後各輯，我們希望能將書目加以擴大，向有一定文化程度的讀者尤其是青年學子，提供更多的經典名著。

對迻譯各書的專家和撰寫導讀的學者，我們謹此表示深切的謝忱。

天地外國經典文庫編輯委員會

二零一九年二月二十日修訂

註釋：

[1]《談藝錄．序》，中華書局（香港）有限公司，一九八六年版。

[2]《傅雷談翻譯》第八頁，當代世界出版社，二零零六年九月。

[3] 戈寶權〈托爾斯泰和中國〉，載《托爾斯泰研究論文集》，上海譯文出版社，一九八三年版。

目錄

導讀

肉身之行，漂泊之魂，修行之心

生活是精神的漂泊，而旅行是肉身的漂泊，由漂泊到漂泊，異鄉人要尋回失落的靈魂。

今天去旅行很方便，三五天的假期，密集的享樂，到離開的一刻，也未必了解去過的地方。旅行變成一種速食的新鮮感，不用內涵，但求快速享受。

筆者不太好這種旅行，偏好獨自在異地遊走，慢慢看風景，而在其中感受到異乎尋常的「孤獨」。平時生活中孤單，只是指內心感受無人懂得，但起碼身在自己的城市，熟識的人近在咫尺，有事是能找人幫的。而獨自旅行呢？是一場自我探索，是自我與內心的對話，是面對真實的苦行。離開熟悉的環境、人際網絡、語言不通，是地域、語言、文化、歷史的孤獨，真有種天地悠悠，唯我獨行於曠野的感覺。

所以讀英國作家大衛・赫伯特・勞倫斯（D. H. Lawrence 1885-1930，以下簡稱勞倫斯）的《漂泊的異鄉人》格外有共鳴。他是二十世紀英國文學的重要人物，出身勞工階層，一生大部份時間到處旅行，四海為家；一戰之後，他更是離開英國四處旅行，直到逝世前僅兩度回鄉。勞倫斯一生曾三次旅居意大利，本書乃他年青時初到意大利的遊記。

旅行是肉身的一場孤獨修行

想像一下他的時代，旅行比現在艱辛許多。勞倫斯的旅程漫長又辛苦，孤身一人去加爾達湖檸檬園，徒步到萊茵河谷，爬上盧塞恩的山脈，住在阿爾卑斯山的旅店……衣食住行、溝通、衛生、生活習慣等等，都要大幅度改變自己去適應，對於體格的考驗更大。可是他不以為苦，他的人生跌宕，不斷地試煉他：愛上大學老師的妻子，帶着她私奔；身為基督徒，筆下卻深入男女之愛、慾、性，小說《查泰萊夫人的情人》甚至因描寫過份露骨，曾被以「猥褻罪」被禁止流傳，他確實是走得太前，太過孤單。

然而這些爭議也不過是人性的反映。肉體感覺與精神世界的關係不可分割，人必須坦誠面對慾望，才可打撈被規則壓下的真實。意大利旅程對他而言，是心靈的朝聖，為在英國時死灰般無生氣的生活找到了出口。獨行於天地，思緒隨意漫遊，而肉體的極限挑戰，才能破開封在心上的一道閘門，碰到一個未知的自己。

孤獨的旅程，尋覓漂泊的靈魂

就這樣，勞倫斯一個人在意大利四處漂泊，自稱「漂泊的異鄉人」。「漂泊」有兩個層面的意思：肉身的四處遊走，靈魂的無所依傍。身在異地，自然是漂泊的異鄉人，然而在此之前，他的靈魂漂泊已久。他在當時社會是出格的，太過前衛而受到人們排擠，他亦不認同那個世界的價值觀，在漂泊異地之前，心已經獨自飄零。在動盪不安的世界裏，在汲汲營營的生活裏，任憑他再有原則，孤獨感會逐漸消磨自我，意志破滅……這一點似乎經歷多少個世代，我們都會有切膚之感。

在這本關於漂泊的遊記裏，勞倫斯展現了既廣且深的省思，肉身的移動、新經歷帶來新的感官刺激，放寬了他的思想世界，任意飛馳。由生活到心靈，由政治到宗教，人類文明的回顧與前瞻……由自身的處境開始，文中處處看見他對世界的不信任與嚴厲批判：

我們將大寫的人凌駕於每個人內心的那個小我之上。我們追求完美的人性，無瑕、平和的人類意識，完全棄絕自我。而這非壓制、約束、解析、毀滅自我而不可得。於是乎，我們便一路高歌猛進，積極發展科技，推行社會變革。但在這進程中，我們已經精疲力盡。

社會要求所有人演出一副合乎規範的面貌（大寫的我），努力工作，配合道德規範（想到他的基督徒身份，要求定必比一般高），至於真實的、個人的獨立思想（小我）卻被鄙視，在他的時代如此，在如今的時代亦然，我們都在偽裝中如浮萍過活：

不管做甚麼，我們都無法逃脫約束自我、成就社會的大意志……我們逐漸喪失了人性，變得無法自拔。

「漸」的威力是可怕的，每天改變最細微的一點，某刻回眸，才發現自己已破碎。

旅行的路途上，他遇到同樣地破碎的人，有逃避兵役的流浪旅人、從生活中逃出來的探險者，旅人彼此共鳴，又彷彿是對鏡自照。例如遇見獨自旅行的英國人，這位同鄉跟他同樣痛苦，被名為社會的枷鎖困住，令他感同身受：

我很能體會那台社會的大機器是如何鉗制着他。這個人在倫敦辛苦了一整年，每天擠地鐵、拼命幹，像個木頭人似的……他就這麼來了，滿懷無比的勇氣，帶着些許悲壯，一腳踏上了異國的土地……社會的大機器不會輕易放他走……但他卻甘願忍受，甘願那樣死去，因為那是他的宿命。

此處是對同鄉的觀察，亦是勞倫斯透過一位境遇相近的人，對自己痛苦不堪，戴着無形的鐐銬生活作反思。旅行可以短暫離開無法認同、無法融入的世界，仍看得出他有深深的絕望，短暫的自由氣息是甜美，事實是那麼明晰，漂泊的人唯有兩個結局：接受宿命，被殘酷的世界欺壓至死；反抗宿命，卻終身飄零。

勞倫斯正是身處夾縫，裏外不是人，在時代走得太前的他，無論如何亦不會為世人認同，是以他選擇四海為家至死。唯有旅行的狀態才容得下他——從社會規範抽離，隱藏身份，成為他人擦身而過的陌生旅人，自然就沒有鞭撻。旅行甚美，背後有萬般無奈，若然能為世人接納，他會否選擇這樣的生活？

他又遇見一群不滿故鄉現狀、不願當兵而逃離了意大利的年輕人。年輕人深愛着意大利，想家，然而政府卻令人絕望，是以年輕人不想回去，棄絕那個古老的意大利。彼此都是異地的陌生人，特別能拋開平日的枷鎖，暢談內心纖如毫釐的心思。年輕人大肆批判政府，對現狀不滿，他們逃亡，正是要實踐心目中「對」的生活，更理想、更良善、更美好的日子。勞倫斯對他們的感覺很複雜：

> 我能感受到他身上的那種新精神，獨特、純粹，還略有些驚人……我的靈魂在某處慟哭，無助得像個夜啼的嬰孩。我答不上來，我無法回應……我知道那思慮的無邪純淨……可我無法證實他的話：我的靈魂無法回應。我不相信人會日臻完善，我不相信人會和諧無間。
>
> 只要回憶一觸及他們，我整個靈魂就停擺了、失效了，無法繼續。即便今天，我依然無法認真思考這一群人。我不由自主地往回縮，不知道為甚麼。

靈魂之慟動無助，皆因受到年輕人的精神感召，他明顯地動容了。那乾淨純粹的心靈，正是日常被壓抑的「小我」，他羨慕，他渴望。然而靈魂停擺失效，在於他知道世界的殘酷。他看過黑暗的真實，看穿人的宿命，大抵就如他的英國同鄉一樣：再怎樣逃亡，個體是無法對抗集體命運的，靈魂早已被世俗撕碎，失去了期待美善的能力。

他確然懷念與年輕人共度的時光，但年輕人的勇，太鮮明地對比他的絕望，他的「無法認真思考」，實際是不忍重溫他靈魂的軟弱，非不能也，實不敢為也。

由靈魂回歸本心

旅行並非拯救心靈的藥，能成功離開意義與價值觀不同的世界，達到理想之境的人少之又少。勞倫斯的旅行是苦行，是朝聖，只是在有限中尋找最貼近自由的地方，代謝內心積累的不安。勞倫斯處身於大時代，有戰爭的陰影，在工業革命後，英國的污染問題也日漸嚴重，危機仍無處不在：

走在提契諾河谷的公路上，我再次感受到這新世界的恐怖，感受到它

> 的悄然降臨……隨着房屋的步步進逼，土地正在受破壞……你看那些四四方方的建築，像盲目的龐然大物，從受傷的土地上陡然而起，周身散發着一種惡毒的氣息，殘害並毀滅着生命。

這次旅程讓他看到美善，讓他更深刻感到惡的真實，心靈探索原就如此，孤獨的狀態放大感官，解放桎梏，叫人直視痛苦。因此，令人恐懼不安的孤獨，搖身一變成「以毒攻毒」，排清了他內心堆積的垃圾，奇異而珍貴。讀到他爬到阿爾卑斯山一段，他心中已有全新的感受：

> 我邊啃麵包，邊飲美酒，坐享着純然的孤絕與靜寂……可是，我居然感覺很愉快，甚至有些欣喜：多麼寂靜、美妙的寒夜，多麼澄澈、透明的孤絕。這是一種恆久不破的境界：我身在世界的高處，呼吸着冰冷、滯重的空氣，孤身一人，了無羈絆。

最難熬的寂寞，卻變成甘露般甜美，他甚至能享受起來：

謝天謝地，路上沒有一個行人，我總算可以遠離人群了。

旅行除了是肉體在前進，更加引領着心的轉變。外在的世界無力改變，即便再掙扎，視野和想法總會受限制，旅行卻是最接近自由的體驗，唯有如此，思緒才可以有最大的空間釋放，思想上的自由才是最真實的。孤單有時可怕，有時並不，學會與它共存是一種修行，人生有無盡的漂泊孤獨，從中找出自由之地，才能成就真實的自己。

陳微

葉泳詩，筆名陳微。香港中文大學中國語言及文學系、中文教育文憑（中學教育）畢業。火苗文學工作室成員。曾獲青年文學獎等獎項，現為寫作導師、媒體專欄作者。

加爾達湖的檸檬園

房東來的時候，我們已經吃過飯，正喝着咖啡。時間是下午兩點。因為輪船一路迎着陽光，從上游駛向德森扎諾，所以一片陰暗中，蕩漾的湖水仍在鋼琴旁邊的牆壁上映照出躍動的光點。[1]

房東很是抱歉。他站在過道裏彎腰鞠躬，一手托着帽子，一手捏着紙條，用生澀的法語聲稱絕非故意打擾。

這是個乾瘦的小個子，灰白的板寸短髮、凸出的下巴，再加上手勢，總讓人聯想到老邁而貴氣的猴子。這是位紳士，是他那個階級碩果僅存的最後代表。聽村民說，他身上唯一顯著的特點便是貪婪。

「可……可是，先生……恐怕……恐怕還是得麻煩您……」

他攤開雙手，欠身向我致歉，一邊透過褐色的眸子打量我。那眼神在他佈滿皺紋的猴臉上彷彿永恆不老，猶如瑪瑙一般。他很愛說法語，因為這讓他自覺尊貴。而他追求尊貴的熱情又是那麼怪異、天真而古老。因為家道中落，他目前的境況並不比一般的富農好到哪裏。然而，他那不屈的精神卻是深摯而熱切的。

他很愛在我面前說法語。仰起脖子，急等着從嘴裏努出幾個字。可是吞吞吐吐，一着急，最後說的還是意大利語。不過，那份驕矜卻始終都在：他執意要跟我繼續用法語交談。

過道裏很冷，可他就是不願進大屋。這並非禮節性的拜訪：他不是以鄉紳的名義來登門致意的。這只是個迫不及待的村夫罷了。

「你看，先生……這……這……是……是……甚麼意思？」

說着，他把手裏的紙條遞給了我。揉爛的紙條上有幅美國專利門彈簧的示意圖，旁邊還印了幾行字：「先將彈簧一端固定，然後拉緊。切勿鬆開！」

這說明書極為簡略，很像美國人的風格。老先生焦急地看着我，一直仰着脖子。他生怕我跟他說英語。而我被那簡單的說明書弄得暈頭轉向，於是竟也磕磕巴巴說起了法語。但不管怎麼說，我到底還是把說明書給他解釋清楚了。

可是，老先生怎麼都不信：說明書上一定還說了些別的。他堅稱自己並沒有違規操作。他沮喪到了極點。

「可是，先生，門……門……還是合不上……還是會鬆開……」

說着，他竄到門邊，把整個難解之謎指給我看。門關着——「吱」的一聲，他拔了門閂，門「砰」的一聲——敞開了，再也關不住。

那褐色的眼珠，毫無神采卻永恆不老，讓我想到猴子或瑪瑙；它們正渴盼着我的回答。我深感重任在肩，於是也急了起來。

「那好，我去瞧瞧吧，」我說。

可是，這福爾摩斯實在不好當。房東老闆喊道：「不，先生，不用了，就不麻煩您了。」——他其實只想讓我把說明書翻譯一遍，倒並沒有要打攪的意思。不過，我到底還是去了。身為來自工業強國的公民，我備感榮幸。

「寶琳居」真是富麗又堂皇。房子很大，外牆漆成粉紅和米色，中間豎起一座方塔，正門兩端分別延伸出彩繪的涼廊。房子離馬路還有段距離，正好可以俯瞰湖面。門口正對一條弧形的石子步道，路面上芳草萋萋。等夜幕降臨、明月徹照之時，這淡雅的門庭美輪美奐，怕是戲台都要遜色三分。

大廳也寬敞、漂亮，兩端是碩大的玻璃門，透過玻璃能看見門外的庭院。只見那裏修篁翠竹遮天蔽日，天竺葵花姹紫嫣紅。大廳的地上鋪着軟紅的瓷磚，油光可鑒，牆壁則是水洗的灰白，天花板上畫滿了粉紅的薔薇和鳥禽。這裏是內外世界的中途，兼具兩者的特點。

其餘的廳室皆黑暗且醜陋。不用說，這些都是內室；可是，看着卻像裝修過的墓室。客廳裏光滑的紅地磚似乎頗為濕冷，寒氣逼人的雕花家具立在墓室中，就連空氣都因此變得黑暗、窒悶，沒有一絲生氣。

屋外，陽光像歌唱的鳥兒一樣在奔跑。頭頂上，灰暗的巉岩在空中堆疊起明媚的艷陽，聖托馬斯教堂守護着高台。然而，這屋內卻還盤桓着遠古的陰翳。

於是，我不禁再次聯想到意大利之魂，想到它是如何暗沉，如何依附於永恆的暗夜，而自文藝復興迄今，似乎從來如此。

中世紀時代基督教盛行，整個歐洲似乎力圖擺脱強烈、原始的動物性，轉而向基督的捨身與克己看齊。而這本身就帶來了極大的圓善和完滿。兩個部份漸趨合攏，向着尚未實現的一體而努力，因為在那「一體」中有着殊勝的喜樂。

然而，這運動卻始終是單向的，目的僅在於肉身的消滅。人越來越追求純粹的自由與超脱，而純粹之自由正是源自純粹之超脱。聖言即是至道，人若證成聖言，便是得了道，可享大自在。

但目標一旦達到，運動也就中止了。波提切利[2]繪就了阿佛洛狄忒，感性的女王，境界之高堪比天上的聖母。米開朗琪羅也在整個基督教運動中突然轉身，重回到肉身。肉身是至高而神性的；我們唯有在肉身的整全、生命的整全上，才能與上帝、與聖父合而為一。聖父照着自己的形象，以肉身造人。米開朗琪羅一轉身，回到了摩西的原點[3]。於是，聖子基督消失了。在米開朗琪羅看來，真正的拯救並不在靈魂裏。人應仰賴的當是天父、造物主、眾生的締造者。人應矚目的當是肉身的鐵律、最後的審判，還有不朽之肉體朝向地獄的墮落。

這便是意大利此後一直的狀態。心智代表光明，感官等同黑暗。阿佛洛狄忒，感官的女王，她由海沫裏誕生，象徵着感官的輝赫、海水的瑩亮。於是，感性便成了自身的意識目標。她是明艷的黑暗，她是透亮的夜幕，她是破壞的女神；她白熾、冰冷的火焰只知毀滅，不事創生。

這便是文藝復興以來的意大利之魂。他沐浴着陽光昏昏睡去，一邊往血管裏吸取美酒，等到夜裏，再將它釀成感官的歡愉，屬於夜和月的白冷的縱情狂歡，像貓一樣嘶吼、破壞的樂趣。而正是這歡愉，自文藝復興以來，一直消耗着這個南方的國度，或者竟至於整個拉丁民族。

這是一種擺盪與回轉，向着原點——摩西的原點，向着肉身的神性及其律法的絕對。然而，還是存在着阿佛洛狄忒的崇拜。肉體、感官如今已成為自覺。它們有明確的目標，那就是對感官極致的追求。它們尋求感官的最大滿足。它們尋求肉體的約減，降低其對自身的作用，直至產生丕變與狂歡，並在狂歡中實現瑩亮的轉變。

心智永遠服務於感官。譬如貓，身上蘊藏着敏銳、美麗與黑暗的尊嚴。在它眼裏，火反倒是冰冷的，竄起幽綠的火苗，像液體一般流動，像電流一般傳導。其極致便是白熾的磷光輝耀，在黑暗裏，總是在黑暗裏，就如同在貓的黑色皮毛之下。像貓性的火焰一樣，它也是毀滅性的，總是在消耗並最終歸結於感性的狂歡，而這恰恰就是它的終極目的。

這裏有個「我」，永遠都有個「我」。智識被湮沒、泯滅，感官卻高傲至極。感官是絕對的、神性的，因為我不可能與人共享。這些感性經驗都屬於我，唯我獨有。其餘的甚麼都不是，也與我無關。幾百年來，意大利人就是這樣迴避了我們北方人目的性過強的工業發展，因為在他們看來，這只是空洞的形式罷了。

這是虎的精神。虎是感官絕對化的極致體現。這是布萊克筆下的那頭

> 虎，虎，熾烈地燃燒，
> 在夜的密林裏閃耀。[4]

虎的確是在黑暗中燃燒，但其本質的命運卻是白冷的，白熾的狂歡。這可以從

烈火中老虎那白熾的雙眼裏窺見。牠象徵肉身的至上：肉身吞噬一切，然後變為一束花斑色的烈焰，一片燃熾的荊棘。[5]

這是化為永恆之焰的一種方式，即經由肉身的狂歡而變形、出神。正如暗夜中的虎，我吞噬整個肉體，我渴飲全部血液，直到這燃料在我身上燔燎起來，變成無限、至上的真火。在狂歡中我是無限的，我重又化身整一、大全，我是白熾真焰中的一束，即那無限、恆久的獨創者、造物主、永在的神。在感官的狂歡中，我啖肉飲血，再度化為永恆之焰，成就無限的自我。

這就是虎的方式；虎是至高無上的。虎頭扁平，牠堅硬的顱骨上好像承載着巨重，下壓、下壓，把心智壓成石頭，壓到血氣之下，為其所役使。牠是血氣的附屬工具。意志位於腰身以上，也就是脊柱的底端。在細軟的腰部有着生的意志，鮮活的虎的心智。這便是關鍵的節點，就在脊髓之中。

意大利人如此，軍人亦如此。這是軍人的精神。他走路的時候，意念全然貫注於脊柱的底端，智識是屈從、隱沒的。軍人的意志是大貓的意志：牠以毀壞為至樂，吸納生命為無上的自我所用，直到那狂喜化為白熾、永恆的火焰，臻於無限，化為無限之焰。至此，他方才滿足，方才於無限中圓善、完滿。

這才是真正的軍人，這才是感官的不朽巔峰。這是肉體的極盛，一頭超凡的猛虎吞噬完所有鮮活的肉體，然後開始在牠自屬的無限牢籠裏徘徊，向周圍的虛無投去迷眩、銳利又專注的目光。

老虎的眼睛看不見東西，除非借助內在的光源，借助自身的慾念之光。這寒白的內光極為強烈，連白晝的暖光都相形見絀，但是，其本身卻並非實存。虎的白眼可以逼視一樣東西，直到對方消失不見。因此，牠便有了那令人膽寒的盲目。我所認知的自我，在虎的眼裏只是一片虛空，在牠的窺視下毫無招架之力。牠只認得牠所認知的我：一絲氣味、一點抵抗、一具感官的肉體，一種帶着體溫的掙扎與暴力，牙床間流動的熱血，口腔裏活體的痛楚與鮮美。牠看到的只有這些，其餘都不存在。

那其餘又是甚麼？那不屬於虎的一切，那虎之外的一切？那是甚麼？

文藝復興時代，那似鷹隼般感知的天使，是誰與他分道揚鑣了？意大利人說：「我與父原為一：我要自此返回。」北方民族則說：「我與基督原為一：我要一路前行。」

那在基督裏所得的圓滿又是甚麼？人逾越了一切限制後便會知足，便在無限裏止於至善，臻於無限之境。在肉身的極樂中，在酒神狄俄尼索斯的狂喜中，人可以達致這一境界。可是，這在基督裏又要如何實現？

它不是神秘的狂喜。神秘的狂喜是種特別的感官之樂，是感官的自我滿足，其目標是自設的。它是針對自我的自我投射，即在投射的自我當中滿足感官的自我。

虛心的人有福了，因為天國是他們的。
為義受逼迫的人有福了，因為天國是他們的。[6]

所謂天國，就是我們可以臻於至善的無限之境，倘若我們果真虛了心，為義受了逼迫。

有人打你的右臉，連左臉也轉過來由他打。
要愛你們的仇敵，為那逼迫你們的禱告。
所以你們要完全，像你們的天父完全一樣。[7]

要至善完全，要與神為一，要無限、永恆。如何才能實現？我們必得把左臉也轉過來，必得愛我們的仇敵。

基督是羔羊，大鵬俯衝而下即可擒獲；基督是鴿子，鷹隼發威就能叼走；基督也是小鹿，輕易便會落入虎口。

倘若有人持劍要擊殺我，而我並不抵抗，結果會如何？倘若我甘受劍傷並因此死去，我又是何人？我比他偉大嗎？我比他強大嗎？我這獵物，在吞噬我的老虎之外，可否知曉無限的圓滿？我若不做抵抗，便是剝奪了牠的圓滿。因為虎唯有侵犯、殺食掙扎的獵物，才能臻於圓滿。單有屠夫或鬣狗，是不存在圓滿的。易言之，我只需放棄抵抗，便可剝奪虎的極樂、圓滿及其存在的理由。我只要不做抵抗，便可徹底將猛虎毀滅。

那我究竟又是甚麼？「所以你們要完全。」順服何以臻於完全？除了虎對其榮耀無限的肯定之外，在我的捨身與克己背後，是否也有一種肯定？

在肉體上毫不抵抗的我，究竟要與誰合一？

被吞噬，然後與天主、與摩洛[8]、與威烈的上帝合一，難道我只有這克己的狂喜？我有了這狂喜，這順服、圓滿的狂喜。可是，除此以外，就沒有別的了嗎？

虎的真言是：感官是唯我至尊的，感官即是我身上的神。基督卻說：神存乎於他人，不在於我。茫茫人海裏有神，偉大的神，高於這自我的神。神即是那非我之他者。

這便是基督教誨的真道，也是對「神即是自我」這一異教式自我肯定的補充。神是那非我。證成了非我，我便臻於至善、變為無限了。當把左臉也轉過來，我便是以己為小、以神為大，便是承認神即非我，此乃至高無上的圓滿。欲臻此境，我必愛鄰如己，鄰居即是非我之一切。倘若我愛這一切，豈不與那大全合一了嗎？至善的功業豈不圓滿了嗎？我與神豈不合一了嗎？無限之境豈不達致了嗎？

文藝復興後，北方民族繼續向前，踐行了這「神即非我」的宗教信仰。就連靈魂拯救的觀念也十分負面：它變成了一個逃避劫滅的問題。清教徒對「神即自我」的觀念發起了最後的猛攻。他們將神授的君王查理一世斬首，但就在同時，也象徵性地永遠摧毀了「我」的崇高，那有着神的形象的我、肉體的我、感官的我，摧毀了暗夜裏熊熊燃燒的虎，摧毀了君王、公侯、貴胄身上的我，摧毀了作為上帝之身而神聖的我。

清教徒之後，我們一直努力搜集「神即非我」的證據。蒲柏有言，「你當認識自己，切莫揣度上帝；若要窮知世間，須將人心探明。」[9] 這兩句話的意思是：想要探知人心、參透玄機，這本身無可厚非，且必如此人才得圓滿。格物致知的辦法就是要客觀分析，亦即泯滅自我。易言之，人就是宇宙的縮影。人只需表達自我，實現自己的欲望，滿足自己崇高的感官。

可是，變化終於還是來了。個體的人是有限的存在，囿於自我，但他也能了解非我的一切。「若要窮知世間，須將人心探明。」這等於是說，「汝當愛鄰如己」，意即人了解非我、了解抽象的人，便可獲得圓滿。因此，圓滿必要在他人身上求，必以認識他人為鵠的。然而，查理一世的看法卻不同：「人生之圓滿在於發抒自我。」

這一新的精神後來逐漸衍為各種經驗的、唯心的哲學體系。每個存在都是意識。在每個人的意識裏，大寫的人是卓越偉大、無可限量的，而個體的人卻渺小瑣碎。因此，個體必須將自己隱沒在整個人類群體中。

這便是雪萊的精神觀，即人之可以完善。它是我們遵行神誡的法門：「所以你們要完全，像你們的天父完全一樣。」它也是聖徒保羅的箴言：「我如今所知道的有限，到那時就全知道，如同主知道我一樣。」[10]

人若知悉一切、了悟一切，便可完足，過有福的生活。他知悉一切、了悟一切，因此便可盼望無限的自由與福分。

這新宗教的大感召正是對追求自由的鼓舞。我若湮滅、滌盡了自己具形的身體、有限的欲望，我若如雲雀般融於藍天、在天地間歌唱，那我便是在無限裏完足、圓滿的。[11]充盈我的若非我自己，那我便得了大自在，再無羈絆。只是我必先滅除這自我不可。

科學中表現的即是這一宗教信仰。科學是對外在自我、自我的元素構成以及外部世界的分析，機器則是重組後無我的強大力量。於是，上世紀末我們開始習慣一種熱烈的崇拜，對機械力的崇拜。

我們仍舊崇拜着非我的存在，崇拜着無我的世界，儘管仍然樂意借助自我的力量。我們模仿莎翁的口氣，向戰士喊出勸誡：「那就效法飢虎怒豹吧。」[12]我們竭力想再次變成虎，變成那至高無上、不可一世、爭強好勝的自我。與此同時，我們希求的卻是個無我的平等世界。

我們繼續祀奉這位「無我之神」，我們崇拜靈裏面無我的合一，崇拜兼及全人類的合一，即所謂的「非我」。此無我之神服務廣眾，並無偏私，其形象便是那主宰、威懾我們的機器。我們在它面前戰戰兢兢，侍奉它唯恐不及，因為它對所有人都一樣公平。

與此同時，我們還想着做那霸道的猛虎。而可怕之處也正在於此：兩個目標顛倒、錯位了。冀望變身猛虎的我們用機器裝備自己，而我們心中猛虎的怒火又借由機器得以發洩。猛虎肆意改變着機器，強迫牠表達一己的憤怒，這是極為恐怖的狀況。更恐怖的是，猛虎被困在機器裏，糾纏不清。那可是比混沌還混沌的亂局、不堪設想的煉獄。

老虎並沒有錯，機器也沒有錯，錯不可赦的是我們這些說謊的、諂媚的、陰險的蠢人。我們說：「我要變成猛虎，因為我愛人；因為愛人，因為無私祀奉那個非我，所以我要變成猛虎。」這是何其荒謬的說法。虎吞噬他物，因為唯有如此牠才能獲得圓滿，才能達致絕對的自我。而虎不吞噬他物，也並非因為牠懷有無私的良心，因為牠疼惜鹿、鴿或者其他的虎。

我們剛走到機械非我的極端，馬上就去擁抱那超然自我的另一個極端。而且，我們還試圖一人分飾兩角。我們不願在扮演一個的同時丟下另一個，甚至不滿足於輪流扮演兩個角色。我們既想做虎，又想做鹿，希望二者集於一身。這實在是極為可怕的虛無心態。我們想要說：「虎即是羔羊，羔羊即是虎。」這想法何其空洞、虛無。

房東領我進了一間斗室；那小屋幾乎陷在了厚實的牆壁裏。看到我貿然闖入，女主人的黑眸中閃過一絲驚異。她比丈夫年輕，父親在村裏開了一爿小店，而她至今都還沒生孩子。

果不其然，門大敞着，合不攏。只見女主人放下螺絲刀，挺直腰板，眼裏閃耀着興奮的火焰。這個門彈簧的問題在她靈魂裏燃起了跳動的火花。真正在和「機械天使」搏鬥的那個人其實是她。

這女人年紀在四十上下，熱情如火卻又無比惆悵。我想她並不自覺悲傷，可是，她的心卻被生命裏某種無力感吞噬了。

為了瘦小的丈夫，她壓抑了生命的火焰。那丈夫古怪、呆板，不像是人類，倒更像一隻不老的猴子。她以自己的火焰支撐他，支撐他美麗、古老、不變的外形，保證它完好無損。可是，她並不信任他。

此刻，丈夫正在拆固定彈簧的螺絲，夫人婕瑪[13]在一旁扶着他。倘若沒有別人在場，她大概會假裝在丈夫的指導下自己拆。可是因為有我在，男人還是自己動手了。只見一個頭髮花白、弱不禁風、出身名門的小個子紳士站在椅子上，手裏攥着長柄的螺絲刀，妻子站在他身邊，雙手半舉在空中，生怕他不小心摔下來。然而，他卻表現得異常沉着，就像有種與生俱來的奇異而原始的力量在支撐他。

兩人將韌性十足的彈簧固定在關閉的門上，然後輕拉彈簧的一端，再把它固定到門框上，如此一來，鎖一開，彈簧就縮了回去，門便隨之打開。

我們很快就完事了。螺絲擰緊的那一刻，大家都有些焦慮。終於，門可以隨意開關了。夫婦倆喜滋滋的。眼看門已經能迅速關上，女主人婕瑪興奮地拍起了手，而我心頭卻湧起了一脈憂鬱的電流。

「看！」她叫喊道，聽那顫音就像個女壯士，「看！」

她望着門，眼裏閃動着火焰，然後跑上前去想要親手一試。她急切地、滿懷期待地打開門。砰！——門關上了。

「看！」她又大叫，聲音彷彿微顫的青銅一般，緊張卻又得意。

我也得試一下。我打開門。砰！門重重地關上了。我們都歡呼起來。

接着，「寶琳居」的主人轉身面向我，露出了親切、溫和又嚴正的笑容。他仰起脖子，略微背對着妻子站着，那張奇怪的馬嘴正高傲地咧開大笑。這便是所謂的紳士做派。而他的夫人則不見了蹤影，好像是被打發走的。然後，房東突然止不住興奮，執意要我陪他喝酒慶祝。

他要帶我參觀一下這地方。我已經見識過大宅，所以，我們便從左側的玻璃門出去，來到了中庭。

這中庭比四周的花圃都要低，陽光透過雕鏤的拱門傾瀉在石板路上。碧綠的青草長滿了大小的縫隙——看來這是一處荒涼、空曠又靜謐的所在。陽光下，地上放着一兩隻盛放柑橘的大桶。

然後我聽到一個聲音，從那邊角落裏傳來。原來，在粉紅天竺葵的花叢間，在艷陽之下，婕瑪正坐着和一個嬰孩逗笑呢。小傢伙才十八個月大，胖乎乎的，可愛極了。婕瑪專心看着孩子；那漂亮的孩子頭戴小白帽，不動聲色，正坐在長椅上採那粉紅的天竺葵花。

她大笑着，一向前俯身，黝黑的臉龐立刻就從陰影裏露了出來，一束明媚的陽光照在她和旁邊的孩子身上。她再次興奮地大笑起來，一邊還哄逗着嬰兒。可孩子並不理睬她。於是，她一把將孩子抱至暗處，隱身不見了。婕瑪將烏黑的頭髮緊貼着孩子的羊絨夾克；她正在爬山虎的葉下貪婪地吻着孩子的脖頸。

我早已忘了房東的存在。突然，我轉身面向他，露出疑惑的表情。

「那是她侄兒。」他小聲說。這解釋倒是很簡潔，可他卻好像有些羞於啓齒，又或者十分懊喪。

女人發現我們在看她，便和孩子從陽光下走了過來。她和小侄兒有說有笑，還沉浸在自己的世界裏。她並不是來跟我們打招呼的，儘管她彬彬有禮。

彼得羅先生，一匹古怪的老馬，懷着莫名的嫉妒和怨恨，衝着孩子又是笑又是嘶叫。孩子被嚇得變了臉色，頓時哭了起來。婕瑪見狀一把抱起他，閃到幾米開外的地方，躲着她年邁的丈夫。

「我是陌生人，」我隔着幾米的距離對她說，「這孩子怕生吧。」

「不，不，」她辯解道，眼裏燃起火光，「他怕的是男人，見了就哭。」說着，她手裏抱着孩子，邊笑邊往回走，臉上難掩興奮之情。她丈夫卻獨自站着，像是因為被遺忘而有些沮喪。陽光下，女人、孩子和我一陣歡笑。然後，就聽老頭兒也勉強跟着嘶笑起來。他不想被人忽略，所以總是盡力往前擠。由於懊喪和不滿，他變得尖酸又刻薄，拚命想要強調自己的存在，但他的努力全是徒勞。

女主人也覺得不自在。看得出來，她很想離開，很想跟小侄兒獨處，儘管那歡愉裏摻雜了悸動與苦楚。那是她弟弟的孩子。眼看着夫人對孩子的熱愛，一旁的老房東像是完全蔫了。他抬起下巴，沮喪、焦躁，覺得委屈。

他被忽視了。想到這點，我感到很驚訝：彷彿膝下無子，他的存在便無法得到證實；彷彿他存在的目的只是生兒育女。可他偏偏沒有子息，所以也就喪失了存在的理由。他是虛無，化為虛無的泡影。他為此感到羞愧，為自己的無用而黯然神傷。

我很震驚，原來意大利的魅力居然藏在這裏——陽具崇拜。對意大利人來説，陽具是個體創造力不竭的象徵，也是每個男人的神性所在，而孩童不過是神性的證明罷了。

這也正是意大利人迷人、溫柔、優雅的秘密，因為他們崇拜肉體的神性。我們羨慕他們，在他們面前自覺蒼白、渺小；但同時又自感優越，抱着大人面對小孩的心態。

我們究竟優越在哪裏？原因無外乎此：在探求神性和創造之源的路上，我們超越了陽具崇拜，我們發現了自然的力量、科學的奧秘。

我們將大寫的人凌駕於每個人內心的那個小我之上。我們追求完美的人性，無瑕、平和的人類意識，完全棄絕自我。而這非壓制、約束、解析、毀滅自我而不可得。於是乎，我們便一路高歌猛進，積極發展科技，推行社會變革。

但在這進程中，我們已經精疲力盡。我們找到了豐富的寶藏，卻又無福消受。所以我們說：「如許寶藏又有何用，不過是一堆俗物、廢物罷了。」我們還說：「別再往前衝了，回頭吧。好好享受這肉體，就像意大利人那樣。」可是我們的生活習慣，連同我們的體質，都不具備相應的條件。無論如何，我們不會把陽具視為神明，因為我們根本不信：北方的民族都不信。也因此，我們或者俯首侍奉孩子，將他們稱作「未來」，或者自甘墮落，在肉體的自殘中尋求快樂。

孩子不是未來，鮮活的真理才是未來。時間與人締造不出未來，往後退也不是未來。五千萬個孩子的成長是無聊的；除了滿足私慾，別無他用。這些都不是未來，而只是過去的裂解。未來只存在於鮮活、成長的真理中，存在於不斷向前的成就中。

可是沒有用，不管做甚麼，我們都無法逃脫約束自我、成就社會的大意志；一邊是條分縷析，一邊是機械營造。這大意志主宰着我們全體；除非等到哪天全體瓦解了，否則它仍將大行其道。於是，就在追求完美、無我社會的過程中，在堅持這古老、輝煌的意志中，我們逐漸喪失了人性，變得無法自拔。在追求完美的道路上，我們締造出龐大的機器社會，可結果卻淪為它的附屬品。而這龐大的機器社會，因為喪失了自我，所以沒有一絲溫情。它機械地運轉着，碾壓我們，它是我們的主宰、我們的上帝。
然而，這現象畢竟已經持續了幾百年，現在想完全抽身、斷然罷手已經太晚。我們已無法停止對一種無限的追求，無法繼續忽視或努力根除另一種無限。所謂無限是雙重的，是父與子、明與暗、感官與理智、靈魂與精神、自我與非我、鷹與鴿、虎與羊。人的完善亦是雙重的，在於私我，也在於無我。皈返那深陷於感官之中的自我，即黑暗之源，人便可抵達原初的、創造的無限。摒棄絕對感官的自我，學會推己及人，人便可抵達終極的無限、靈裏的合一。這是兩種無限，兩條遇見真神的進路。人必須對兩樣都有所認識。
但也切勿將其混為一談，因為這兩者當是恆久分殊的。獅子絕不能與羔羊並處。獅子永遠都想吞噬羔羊，羔羊永遠都難逃被吞噬的命運。人得着肉身的完足、感官的喜悅，那是永恆；若得着靈魂合一的喜悅，那亦是永恆。但二者畢竟是有分別的，切不可混為一談。將它們等同起來的做法是不可取的，也會令人厭惡。混淆只會導致恐懼和虛無。
這正負兩種無限從來都息息相關，卻又絕不等同。它們相互對立又彼此勾連。這便是基督教三位一體中的聖靈。它是聯結兩種無限的紐帶，涵容了上帝的兩面，只不過我們違背、弭忘、觸犯了它。聖父是聖父，聖子是聖子。我可能認得聖子、不認聖父，或者認得聖父、不認聖子。但我不可否認卻已否認的倒是聖靈；是它將雙重的無限歸為整一，讓上帝的兩面彼此相連又界限分明。[14] 硬說兩者等同，那不過是欺人之言罷了。而兩者所以能夠合為一體，正是因着這第三方的居間溝通。

證得圓滿的道路絕不止一條，且這兩條路又截然不同。可是，連接兩者的卻像三角形的底邊，它是恆常、絕對的，是它締造了終極的整體。借由聖靈，我認識了兩條道路、兩種無限、兩種圓滿。而只有認識了兩者，我才能接納整體。排斥了一方，我也就排斥了整體。所以說，如若混淆了二者，那麼一切都將成為徒勞。

「我說，」眼看老婆在逗弄別人的孩子，房東突然從窘境中驚醒，「你——你不是想在我這小地方逛逛嗎？」

他這一問倒是挺自然，很有些自衛和宣示的意味。

我們漫步於枝節交纏的藤架下，安享着牆內的明媚陽光，而牆外唯有綿長的山脈與我們並行。

我說我愛這廣大的藤園，問何時能走到盡頭。房東一聽這話，馬上就又得意了起來。他指了指屋外的台地，還有上面緊鎖的幾間檸檬房。那些都是他的，但他卻聳聳肩，謙稱：「先生，不瞞您說，這只是個小園子，沒甚麼可看的。」我立即反駁說，這園子很漂亮，我特別喜歡，而且佔地一點兒都不小。於是他只好勉強同意：或許今天確實很漂亮吧。

「瞧這——天氣——實在——實在——太——太好了！」

他說法語詞「好」的時候一帶而過，猶如小鳥落地般輕巧。

果園的台地層層疊疊，全都朝向日頭，沐浴在陽光下，彷彿一隻傾斜的酒杯在等待醇厚的佳釀。牆內的我們則淡然而安閒，漫步於濃郁的春光中，從嶙峋的藤架下走過。房東一直喊喊喳喳的，不知道在說些甚麼，一邊還給我介紹各種蔬菜的名字。這裏的黑土果然肥沃。

仰望對面的山巒，映入眼簾的是綿延的拱形雪線。登上幾級台階，能望見湖對面零星的小村。再爬至更高處，則能看到水面泛起的漣漪。

我們趨步來到偌大的一間石屋。我原以為這是戶外的倉庫，因為外牆的上半截是空的，看得見裏面一片漆黑，還有門前角落那方柱白晃晃的，特別顯眼。

我冒失地走入暗處，突然一腳踩進一大片水窪，嚇了一大跳。只見清澈、暗綠的水正在牆壁之間向下流動，原來這竟然是個蓄水池。房東見狀不禁哈哈大笑，他說那是灌溉農田用的。水帶着點兒腥氣，微微發臭，要不然，跳進去洗個澡該多舒服啊。房東聽我這麼一說，又像馬嘶般啞笑起來。

再往上爬，眼前是堆積如山的落葉。它們貯藏在屋頂下，紅黃斑斕，散發着山野的芳香，帶着一絲微弱的餘溫。我們由此穿過，便來到了檸檬園的門口。這是座高大、無窗的建築，沐浴着陽光，聳立在我們面前。

整個夏天，在這湖濱陡峭的山坡上，一排排立柱拔地而起，周圍葱蘢的綠林就像是一座座荒廢的廟宇。石砌的白色方柱一字排開，組成方陣，各自兀立着，在山腰上隨處可見，就彷彿曾有興旺的部族在此膜拜它們。冬日裏，你仍能瞥見它們的身影，挺立在陽光普照的幽僻處，灰暗的一排排，從破牆裏探出頭來，層層疊疊、高高低低，暴露在天底下，遺世獨立。

這些就是檸檬種植園。因為樹枝太沉，所以立起柱子來支撐，不想結果倒成了檸檬屋外的腳手架。這些大木屋都沒有窗戶，外觀也很醜，但卻足以幫助檸檬樹禦寒過冬。

到了十一月份，朔風勁吹，大雪滿山，人們就從倉庫裏運出木材。那時節，山間到處迴盪着木板落地的鏗鏘聲。後來，我們在山腰的軍用公路上俯瞰，發現檸檬屋的房頂上另有細長的杆子連着方柱。兩名工人正在鋪設杆子；只見他們來回走動，又說又唱，看上去特別驚險。兩人腳踏笨拙的木屐，在屋頂上行走自如，雖然那裏距地面二三十英尺。不過，山坡因為陡峭反倒顯得比較近，頭頂的山岩又和天光融在了一起，所以兩人肯定沒有感到淩空的高度。總之，他們就這麼輕鬆來回於柱頂之間，完全不顧腳下是如何的萬丈深淵。然後，耳邊又響起了木板的咣噹聲，從山腰一直傳到幽藍的湖上。一塊塊木板堆疊成古褐色的高台，從半山腰凸出來，俯瞰很像家裏的地板，仰視又很像懸空的屋頂。我們從盤山公路上往下看，只見有人自在地坐在那危殆的高台上，一邊拿榔頭敲敲打打。就這樣，捶擊聲整天迴盪在山岩和樹林間，微弱而迅疾的震波甚至傳到了遠處的船上。房頂合上的時候，他們會把門面也裝上去——幾塊造工粗糙的黑木嵌板，塞在白色的方柱之間；間或還有玻璃的，這邊幾塊、那邊幾塊，彼此交疊，連成一長溜的窄窗。於是，山腰上便平白多出了這些難看的龐然大物，像凸出的肚腩，每隔兩三個梯層就豎起一座，黑乎乎的，面目模糊，看着就很邋遢。

早晨，我經常躺在床上看日出。這時候，晦暗的湖面瀰漫着乳白的氤氳，背陰的山巒仍是一片深藍，而天際則已開始泛白，並且閃耀着霞光。山樑上的某處，朝陽更是金燦奪目，彷彿都快把嶺上的一片小樹林熔化了。然後，這熔點搖身一變，乍洩出熾烈、灼熱、耀眼的光芒。接着，整個山脈也突然熔化了，晨光步步下移，一點，一塊，一片，炫目的光帶橫掃過迷濛的湖面，再照到我的臉上。然後，我聽見有輕微的門閂聲，便側過頭去，心想他們應該是要打開檸檬園吧。這些園子雖然散佈在山坡上，卻仍相連成狹長的一條，但因為黑咕隆咚的，所以也只有借助褐色的木板和玻璃板才能辨認。

「您想，」——房東伸出一隻手，一邊向我彎腰鞠躬——「您想進去看看嗎，先生？」

走進檸檬園，只見有三個人好像在暗處閒晃。園子裏地方倒是挺大，只不過黑漆漆的，溫度又低。高高的檸檬樹上果實若隱若現，沉甸甸的枝丫簇擁在一起。它們矗立在晦暗之中，就好像陰間的幽魂，莊嚴巍然，似有一絲生氣，卻又只是些幢幢的黑影罷了。我在園裏東走西走，發現一根柱子，可它也像是影子，跟平常潔白、閃亮的樣子截然不同。在這裏我們都成了樹：人、柱子、泥土、憂傷的黑路，全被關進了偌大的匣子。誠然，園內有狹長的窗戶和空隙，屋子正面偶爾也會透進一束陽光，親吻檸檬樹的葉子和病態、渾圓的果實。然而，這畢竟是個十分昏暗的地方。

「這裏頭可比外面冷多了。」我説。

「是啊，」房東回道，「這會兒是挺冷。不過晚上——我想——」

我倒是希望白晝馬上就變成黑夜，想像這些檸檬樹會變得如何溫暖、可親。此刻，它們還在幽冥的世界裏。路兩旁，檸檬樹中間種植了矮小的橘樹，幾十隻橘子恰似火燙的煤球，垂掛在夕陽中。我對着橘子搓搓手，房東就跟着把樹枝一根根折斷。最後，我竟然收穫了一大捧黃澄澄的果實和濃黑的樹葉，看着就像一大束鮮花。這冥府般的檸檬屋，還有路旁枝頭那紅彤彤的橘子，不禁讓我想起入夜後湖畔小村的燈火，而顏色虛淡的檸檬則成了天上的星星。空氣中瀰漫着檸檬花的幽香。後來，我還發現一隻碩大的佛手柑，沉甸甸地掛在矮樹上，儼然像個綠皮的巨怪。總之，頭頂是一叢叢的檸檬，若隱若現，路旁是一大片紅彤彤的橘子，此外還有隨處可見的大佛手。人行其間，簡直如同置身於海底。

路的拐彎處有些灰燼和燒焦的木塊，一個個圓形的小堆——夜間寒冷，有人會在屋裏烤火。一月份的第二、第三個星期，雪線下移得特別快。我才爬了半個時辰，就發現山路上已是白茫茫一片，橄欖園也完全被大雪覆蓋。

房東説，那些檸檬和甜橘全都是從苦橘嫁接的。因為直接從種子培育的植株很容易鬧病；相反，先種本地的苦橘然後再嫁接則比較安全。

據學校的老師說——她戴着黑手套教我們說意大利語——本地的檸檬最初是由亞西西的方濟各[15]引進的。當年他來到加爾達，在這裏興建教堂和修道院。說起那教堂，當然早已破敗，但回廊的立柱上倒還留存了一些精美別致的雕飾：香甜的瓜果、繁茂的枝葉，似可證明方濟各與檸檬確有一段淵源。遙想當年，聖人他塞一隻檸檬在兜裏，周遊各處；到了酷暑天，說不定還榨過檸檬汁呢。可真要說到喝的，酒神巴克斯[16]才算是真正的鼻祖。

房東瞅着他的檸檬連連嘆氣。看得出來，他很惱怒。這些檸檬讓他犯愁，因為一年到頭都只能賣半便士一個。「可在英國也就這價錢，興許還更便宜些。」我說。「是啊，不過，」女教師說，「那是因為你們的檸檬都是戶外種植，來自西西里島。而——而我們的檸檬比別處的都好，一個頂倆兒。」

這裏的檸檬確實香氣撲鼻，但實際是否真有那麼誇張，這還是個問題。橘子每公斤賣四個半便士——兩便士差不多能買五個，還都是小的。佛手在薩羅[17]一樣論斤賣，主要是用來釀製一種叫「柑露」的酒。一串佛手有時能賣一個先令甚至更高價，當然，買的人也比較少。這些數字恰恰表明，加爾達湖區的檸檬種植應該不會維持太久。很多果園已經荒廢不用，更多的則已掛出「轉讓待售」的牌子。

我和房東離開陰森森的檸檬屋，趨步來到山坡的下一層。一到果園的房頂邊，我就坐下了。房東站在我身後，寒酸、孱弱、渺小，腳踩着房頂，頭頂着藍天，全身透着衰敗的氣息，一如那些檸檬屋。

我們始終和對面山上的雪線位於同一高度。左右兩邊的山上各有一片純淨的天藍。剛才起過一陣風，此刻已經消歇。遠處的湖岸邊騰起絢麗的塵土，大小的村莊全都變成了密密麻麻的黑點。

而在世界的底層，在加爾達湖上，一艘橘色客輪正在湛藍的水面徐徐而行，所經之處無不泛起細碎的白沫。一個女人領着兩頭山羊和一頭綿羊，正匆忙往山下走去。橄欖樹叢裏，有個男人在吹口哨。

「你看，」房東無限悵惘地說，「那兒以前也有個檸檬園——瞧那些柱子，就是為搭藤架給截短的。當時的檸檬有現在兩倍這麼多，可現在只能種葡萄了。想當年，這塊地光種檸檬一年就能淨賺兩百里爾。現在種葡萄，也就八十吧。」

「可葡萄酒還挺賺錢的吧。」我說。

「嗯——是啊，是啊！如果種很多的話。可我——種得——很少很少。」

說完，他突然面露一絲苦笑，幾乎是咧着嘴，就像滴水獸的模樣。這是真正意大利人的憂鬱，深沉而又內斂。

「你看，先生——檸檬呢，一年四季都能種。可是葡萄——也就一茬吧？」

他聳起肩，攤開手，做了個無可奈何的手勢，露出一臉苦不堪言的表情，漠然、不變，像猴子一樣。沒有憧憬，只有當下。其實，有當下也就足夠，不然就真的一無所有了。

我坐在屋頂上眺望湖面，只見它美若仙境，就如同天地初開的時候。湖岸上幾根殘柱煢煢孑立，粗陋、深鎖的檸檬園掩映在葡萄藤和橄欖樹之間，看似搖搖欲墜。大小的村落簇擁着各自的教堂，一如往昔。它們彷彿都還沉浸在遠去的歲月中。

「可這裏很美啊，」我爭辯道，「在英國——」

「啊，在英國，」房東驚叫道，臉上再次露出那猴子般無奈的苦笑，外加一絲絲狡黠，「在英國你們甚麼都有——不虞匱乏——有煤礦、有機器，這你也知道。可這兒呢，我們只有陽光——」

他舉起枯槁的手指向頭頂，指向艷陽與藍天，然後微微一笑，很是得意。但這得意卻未免有些做作，因為相比於太陽，機器才更契合他的靈魂。他並不了解那些機械的運作，不了解其中蘊藏的巨大力量，人造的非人力量，但他很想了解。至於陽光，那是公共財產，沒有人會因為擁有陽光而顯出不凡。他想要的是機器、機器生產、金錢、人的力量。他想感受牢牢掌握土地、在土地上馳騁火車、用鐵爪挖刨土地、把土地踩在腳下的喜悅。他想要這私我的最後勝利，這最後的約滅。他想跟隨英國人的腳步，利用在肉體之前就已存在的自然力量，超越自我，進入漠視人性的非我，創造沒有生命的創造者——機器。

可是他太老了。機器這個小情人，只能留待意大利的年輕人去擁抱了。

我坐在檸檬屋的頂上，俯瞰腳下的湖水，眺望對面的雪山。古老的湖岸上橄欖樹朦朧迷離。那裏有一片廢墟；古老的世界依然沐浴着陽光，一片安詳。我發現，逝去的歲月唯有回望時才顯出它的可愛，它的寧靜、美麗與溫潤。

由此我想到了英格蘭，想到了人潮洶湧的倫敦，想到了滾滾濃煙中辛勞的中部和北方。這看似非常可怖，卻還是勝過了我的房東，勝過了他那古老、猴子般無奈的狡黠。只要是前進，哪怕走錯路，也比沉湎於過去、不可自拔強。

而這世界的前景又將如何？倫敦城和那些工業郡縣像黑潮般席捲了全球，到處興風作浪，到處大肆破壞。晴空下的加爾達湖是如此和煦，容不得一丁點兒污染。

而在遠方，在白雪皚皚的阿爾卑斯山的另一邊，在終年不化的堅冰與虹彩之外，有個名叫英國的地方，黑濁、污穢、枯竭，她的靈魂已經衰微、垂死。英國正在用她的機器征服世界，並不惜以破壞自然生命為代價。她正在一步步征服整個世界。

難道還不滿足嗎？她已經戰果纍纍。自然生命已經毀滅殆盡：外部世界全已佔領，人的自我也終於被摧毀。她勢將停下腳步，回頭轉身，不然注定會走向滅亡。

倘若她一息尚存，就該着手將知識建成真理的大廈。她有那麼多未經磨礪的知識，那麼多機器與設備，那麼多構想和辦法，可她卻無所作為。唯有洶湧的人潮像離魂一般，在其中自生自滅，直到有一天這世界到處是廢墟，到處是張牙舞爪的工業機械，一切陷於死寂，人類在追求完美、無我的社會中被吞噬、湮滅。

註釋：

[1] 汽船從加爾達湖最北端的里瓦起航，一路下行，直至最南端的德森扎諾。

[2] 桑德羅．波提切利（Sandro Botticelli, 1445-1510），文藝復興早期的意大利畫家，代表作《維納斯的誕生》。阿佛洛狄忒即希臘神話中的維納斯。

[3] 勞倫斯認為，米開朗琪羅信奉的是《舊約》和摩西五經，贊成聖父大於聖子，肉體勝過性靈。

[4] 援引自英國詩人威廉·布萊克（一七五七—一八二七）的名詩《虎》。

[5] 出自《聖經·出埃及記》（三章二節）：「耶和華的使者從荊棘裏火焰中向摩西顯現，摩西觀看，不料，荊棘被火燒着，卻沒有燒毀。」

[6] 以上二句分別引自《聖經·馬太福音》（五章三節、十節）。

[7] 以上三句分別引自《聖經·馬太福音》（五章三十九節、四十四節、四十八節）。

[8] 摩洛（Moloch），古代閃米特人崇拜的火神，接受父母進獻的童子生祭。可參看《聖經·列王紀下》（二十三章十節）。

[9] 亞歷山大·蒲柏（Alexander Pope, 1688-1744），英國著名詩人。上述兩句引自其代表作《人論》（An Essay on Man）。

[10] 此句引自《聖經·哥林多前書》（十三章十二節）。

[11] 可參看雪萊的名詩《致雲雀》（To a Skylark）。

[12] 引自莎劇《亨利五世》（第三場第一幕）。

[13] 婕瑪（Gemma），意大利語，意為「寶石」。

[14] 可參看《聖經·馬太福音》（十二章三十一至三十二節）。

[15] 亞西西的方濟各（Francis of Assisi, 1181-1226），天主教聖徒，方濟各會的創始人。

[16] 巴克斯（Bacchus），羅馬神話中的酒神，相當於希臘神話中的狄俄尼索斯。

[17] 薩羅（Salò），意大利北部城鎮，瀕臨加爾達湖。

漂泊的異鄉人

到達康士坦茨[1]的那天，整個湖面霧濛濛的，壓抑得叫人透不過氣來。於是，在那平坦、荒寂的大湖上遊覽也就變得索然無趣了。

所以，我便坐小輪離開康士坦茨，去往萊茵河下游的沙夫豪森[2]。一路上風景都很優美。薄霧依然籠罩着水面和寬廣的河灘。日頭透過晨曦，在微藍的霧靄下放射出可愛的黃光；那景象絢麗得有如天地初開。天上有老鷹正在和兩隻烏鴉相爭。老鷹咄咄逼人，烏鴉也不甘示弱，一直翻飛至其上。牠們越飛越高，越鬥越兇，儼然寫在空中的一道秘符，引得甲板上的德國人紛紛抬頭觀望。

我們的船行駛在樹木葱蘢的河岸間，時而又從一座座橋下穿過。臨水的岸上參差露出人家的屋脊，尖尖的，殷紅、斑斕，彷彿古老傳說中寧靜、悠遠的村莊，隱沒在微茫的往昔。一切都那麼夢幻，就連輪船靠岸、海關人員過來查看的時候，整個村子依然停留在遙遠、浪漫的過去，停留在那個童話故事、吟遊歌手和能工巧匠的德國。那昔日的悵惘瀰漫在氤氳的河上，幾欲令人神傷。

這時，有幾個游泳的人泅到我們的船邊，隱約間，只見白皙的身體在水下打着顫。然後，一個頭圓、膚白的泳者仰起臉，伸出一隻胳膊，大聲跟我們打招呼。他滿臉堆笑，嘴上一撇淺色的髭鬚，很像傳說中的尼伯龍人[3]。接着，他白皙的身體在水裏打了個轉，便以側泳的姿勢游走了。

小城沙夫豪森半是古老，半是摩登；那裏居然還有釀酒廠和各種作坊。至於那沙夫豪森瀑布，中游開設工廠，下游經營旅館，整個就像一幀電影畫面，實在不堪入目。

午後，我從瀑布出發，打算徒步穿越瑞士國境，進入意大利。我至今還記得巴登[4]的這個地區如何潮濕、沉悶，那裏的土地如何廣袤、肥沃而晦暗。我還記得在火車站路堤附近的一棵樹下撿到過蘋果和蘑菇，然後我把兩樣都吃了。接着，我來到一條漫長、寂寞的公路上。路兩邊是凋萎的枯樹，還有廣闊的田疇，一群群男女正在地裏耕耘。他們看着我沿長路獨自走着，孑然一身，彷彿與世隔絕。

記得過邊境的時候，村裏並沒有誰來檢查我的行囊，我輕輕鬆鬆就進入了瑞士。眼前是大片厚重的土地，寂靜、沉悶而無望。

就這樣，我一路走到夕陽西下，走到天邊姹紫嫣紅。這時，我再次從空曠的平原陡然下到萊茵河谷，那樣的陡然直落很像是墮入了另一個美妙的世界。

神秘、浪漫的堤岸立於河谷兩側，挺拔猶如山峰，滔滔江水在其間湍流不息。高聳、古樸的村舍裏閃着點點燈火，映照在寧謐的水面上。這裏除了汩汩的流水，一切寂靜無聲。

河上有座精美的廊橋，隱沒在夜色裏。我走到橋中央，憑欄俯瞰腳下黑暗的水面，凝視人家的燈火，遙望那淩於河上的村莊。由於河谷兩岸俱是山巒，於是，這裏便成了一片遺世獨立的天地，永遠停留在了那個吟遊歌手走村串戶的年代。

然後，我就轉身往「金鹿」客棧而去。爬台階的時候，我鬧出了不小的動靜。一個女人走出來，我說我要吃飯。於是，她便帶我經過一個房間；房間地板上平躺着幾隻大桶，直徑足有三米多長。然後，我們又經過很大一間石頭廚房，那裏的鍋碗全都簇新鋥亮，就和名歌手[5]一樣古老。接着，我們又爬了幾級台階，來到一間狹長的客廳，只見眼前擺着幾張飯桌。

有幾個人正在吃飯。我點了晚餐，在窗口坐下，眺望漆黑的河面與廊橋。對面的山峰籠罩在夜色裏，只在山頂還剩下幾點燈火。

店家端來麵包和丸子湯，我囫圇吃下不少，另外還喝了點兒啤酒，所以一時竟犯起睏來。店裏只來了一兩個村裏人，而且很快就離開了。於是，整個地方突然陷入了一片死寂。只有客廳那頭的長桌邊坐了七八個男人，破衣爛衫，粗魯放肆——這時，又有一個才剛趕到。老闆娘給他們每人一份丸子濃湯、麵包和肉，態度似乎有些不屑。八九個人圍着長桌坐成一圈，有遊民、有乞丐，也有失業工人。他們只管嬉鬧，完全不顧及別人。雖然偶爾也會像烏鴉般環視左右，然後咧嘴一笑，露出些許囚犯的畏懼，可是仍舊沒把旁人放在眼裏。最後，有人突然大吼一聲，問晚上睡哪裏。老闆娘聽見喊聲，立刻叫來年輕的女傭，讓她把這些人都帶到樓上的客房。於是，他們便三三兩兩蹣跚而出，場面極為混亂。時間還沒過八點。老闆娘把衣物攤在桌上，一邊悠閒地做着針線活兒，一邊和一個肅穆、古板的大鬍子男人攀談着。

叫花子和流浪漢正要挨個兒往外走，這時，就聽有人嬉皮笑臉地說：「晚安，房東太太——晚安，房東——晚安，太太。」可老闆娘只顧埋頭做針線，並沒有任何表示；她只敷衍地回了一句「晚安」，也不知道是否在和那些男人道別。

客廳裏頓時變得很冷清。老闆娘繼續做着針線活兒，一邊用難聽的方言跟那位肅穆的老者聊着天，年輕的女傭則在清理遊民和乞丐吃剩的碗盤。

然後，那老者也走了。

「晚安，塞德爾太太。」他對老闆娘說；「晚安。」然後順帶也向我道別。

我翻了一會兒報紙，也不知道怎麼搭訕，就問老闆娘有沒有煙。於是，她走到我桌邊，我們便聊了起來。

我一向很樂意扮演天涯旅人之類的浪漫角色。老闆娘誇我德語說得「還不賴」：雖然只會一點兒，但也足以應付。

我問她剛才坐在長桌邊的那些人是誰。她聽我問起這個，立刻變得十分拘謹而囁嚅。

「他們是來找工作的。」她回道，似乎並不怎麼想聊這個話題。

「為甚麼來這兒找呢？而且還這麼多人？」我問。

於是她告訴我，那些人其實是要去國外，這裏差不多是他們出國前的最後一站。各村的救濟官負責向遊民每人發放一張免費券，持有人可在指定旅館享受一頓晚餐、一晚的住宿以及次日早餐的麵包，而她這裏正好就是該村指定的「遊民旅館」。另外，我還聽說，老闆娘可以據此向上級領取人均四便士的補貼。

「這可不太夠啊。」我說。

「根本不夠。」她說。

她其實一點兒都不想談這話題，只是礙於情面才勉強回我幾句。

「不就一幫乞丐、遊民和飯桶嘛！」我揶揄道。

「還有失業的人、回鄉的人。」她板着臉說。

就這樣，我和老闆娘聊了一會兒，然後就去睡覺了。

「晚安，老闆娘。」

「晚安，先生。」

於是，年輕的女傭又帶我爬上很多級石階，然後來到一座高大、老舊的荒宅。宅子裏面有很多客房，每間的門都那麼單調、乏味。

終於，我們爬上了頂樓，來到我的房間。房間裏擺着兩張床，地板上甚麼都沒鋪，家具也少得可憐。我俯視河面，眺望廊橋，還有遠處對面山頂的燈火，心想怎麼會來到這麼個偏僻的地方，而且還要和遊民、乞丐睡在同一個屋檐下。我很糾結，不知道把靴子放門口，會不會被那些人順手牽羊。但最後，還是斗膽冒了次險。樓梯口靜悄悄的，到處都給人一種荒寂的感覺，就連門門聲都聽着格外響亮。也不知道那八個人有沒有睡着；這房門畢竟還不夠安全。可是我直覺，如果自己命該被殺、被搶，大概也不會是這幾個遊民、乞丐。想到這裏，我便吹滅蠟燭，躺到羽絨大床上，開始聆聽古老的萊茵河靜靜流淌。

第二天一早醒來，發現外面天氣晴朗，朝陽已經灑滿了對面的山峰，只有底下的河水依然籠罩在陰影之中。

遊民和乞丐都已經走了：照規定，他們必須在七點前退房。現在，這旅館就只剩下我、老闆娘和女傭。我放眼望去，發現這裏到處都那麼鮮亮明淨，充滿了德國早晨特有的朝氣，這和南歐大不相同。意大利人一大早就很沉悶、懶散，而德國人則比較活潑、歡欣。

在這明媚的晨光中，俯瞰那湍急的河水、如畫的廊橋，還有遙對的江岸與山峰，實在是一件賞心樂事。過了一會兒，就見對面盤山路上下來一列瑞士的騎兵，個個穿着藍軍裝。我跑出去觀望，但聞幽谷裏馬蹄聲響，甚是雄壯。一夥人騎行穿過廊橋，然後紛紛在村口下馬。總之，晨光裏到處洋溢着新鮮的喜悅，無論是士兵的到來，還是村民的歡迎。

瑞士騎兵的裝備和舉止並未透出多少殺氣。眼前的這支小分隊看着更像一群外出的平民，而非軍人。他們都很和善，也沒甚麼架子。為首的軍官和戰士打成一片，絕不拿權勢壓人。

戰士們彼此也都真誠相待，其樂融融。那和平、安詳的氣氛，與德國兵的呆板、陰鬱真可謂天差地別。

這時，村裏的麵包師和店夥計一身麵粉，抬着一大筐剛出爐的麵包趕來了。騎兵隊在橋頭下了馬，像普通路人一樣吃喝起來。村民們來問候他們的朋友：有個父親穿着皮圍裙就來了，當兵的兒子見狀立刻吻了他的臉頰。這時，耳邊突然響起了學校的鈴聲。孩子們小心繞過馬群，集合在一起，然後手拿課本，很不情願地離開了小街。河水奔流不息，士兵們大口嚼着麵包；他們的軍裝實在太鬆垮、太隨意，簡直跟麻袋差不多。年輕的中尉站在橋頭，表情凝重，似乎他的軍銜僅僅得到了大家的默認。士兵們個個都很嚴肅、自滿，沒有半點兒魅力可言。這就像一次馬背上的出差，輕鬆卻也無趣。最可笑的就數他們的制服，鬆鬆垮垮，完全不合身。

於是，我背上行囊，走過萊茵河上的廊橋，去往對面的山上。

此處的鄉間實在是了無生趣。我只記得在路邊草叢裏撿到過蘋果，有幾個居然還很甜。可是，除此以外，便只剩下沉悶而枯燥的大地，綿延不斷——而那種平庸與乏味幾乎是致命的。

在瑞士，除非是山上，你常會有這種感覺：平庸，索然無味的平庸，叫人不堪忍受。通往蘇黎世的一路上都是這樣。進城的電車如此，城裏的街道、商店、飯館亦復如此。一切都那麼井然而平庸，平庸到肅殺、荒蕪。所有的城市美景都那麼空洞，就像一個最普通、最平凡、最無趣的人穿了件老氣橫秋的衣服。這是個令人神傷的地方。

到了城裏，我馬上下館子吃飽飯，去碼頭和市場逛了一圈，然後又在湖邊靜坐了片刻。經過兩個鐘頭的休整，我毅然坐上輪船，打算離開這裏。在瑞士，我總有這樣的感覺：唯一能讓人心動的就是離開，那份離開後的釋然。因為這裏充斥着可怕的平庸，沒有花開、沒有靈魂、沒有超越，有的只是無所不在的庸俗與平淡。

我乘船順流而下，一路上看盡了湖邊低矮的蒼山。那是個週六的午後，細雨濛濛。我心想，自己寧願跳進熊熊烈火的地獄，也不願在這沉悶、庸常的生活裏久留。

船行至旅程的四分之三處，我在右岸的某地下了船。此時，天色已暗，但我必須接着趕路。我爬上湖邊的一座山，走了很久，才來到頂峰。我俯瞰黑暗的山谷，然後再下到那蒼茫、幽深處，進了一座了無生趣的村子。

時間已是晚上八點，我實在走不動了。不如今晚暫且投宿村裏，明天再做打算吧。於是，我找了一家名叫「帕斯特」的客棧。

這是個很簡陋的小旅館，只有一大間通鋪和幾張破桌子。老闆娘矮小、敦實，陰沉着臉，看上去特別兇。老闆則頂着一頭直髮，全身上下不住地抖動。

因為店裏只剩下煮火腿，所以我只好將就吃了一些，另外還喝了點兒啤酒。總之，就是努力消化瑞士那徹底、冰冷的物質主義唄。

我背牆而坐，茫然望着全身顫抖的老闆；他隨時有可能口吐白沫。然後，再瞥一眼那兇巴巴的老闆娘；她倒是能管住自己的老公。就在這時，店裏走進一個黝黑、艷麗的意大利女郎和一個男人。姑娘穿着襯衫、裙子，沒戴帽子，頭髮梳得一絲不苟，十足的意大利風格。那男的膚黑、面嫩，將來或許會變壯，變成卡魯索[6]的模樣，但目前仍是個多情的英俊小生。

兩人坐在靠牆的桌邊喝着啤酒，於是，店裏頓時多了一點異國情調。這時，又進來個意大利人，白白胖胖、慢慢吞吞的，應該是威尼斯人。接着，又來了個瘦小的青年，看着很像瑞士人，只是動作更靈活一些。

但這最後到的反而最先跟德國人打招呼。別人進門都只喊一聲「啤酒」，而他卻和老闆娘聊起來了。

最後，店裏總共來了六個意大利人。他們圍成一桌，談笑風生，引得鄰座的德國人、瑞士人不時為之側目。老闆也瞪大了眼睛，神經兮兮地怒視着他們。可是，這幫人卻自在得很，他們從吧台拿了啤酒，坐下來開懷暢飲，就像在冷漠的客棧裏燃起了生命的篝火。

喝完酒以後，一夥人魚貫而出，往後面的過道走去。店堂裏突然變得異常冷清，害得我簡直有些手足無措。

這時，就聽老闆在後面廚房裏大吼大叫，不停地咆哮，像瘋狗一樣。可在這週六的晚上，別桌的瑞士客人照樣抽着煙、説着難聽的方言，一副若無其事的樣子。然後，老闆娘進來了，很快老闆也尾隨而至。他穿着圓領衫，馬甲沒扣上，露出了鬆弛的喉頸，圓滾滾的大肚子越發顯得突兀。他細瘦的手腳顫抖着，臉上的皮膚全垮了下來，兩眼放出兇光，雙手不住地抖動。那恐怖的模樣儼然一幅壁畫；可是誰也沒搭理他，只有老闆娘一臉惱怒。

突然，店後面又傳來一陣喧鬧聲和砰砰的甩門聲。屋門一打開，只見漆黑過道的另一頭有扇門，門裏面透出了亮光。然後，就見那白胖的意大利人又來拿啤酒。

「怎麼這麼吵？」我憋不住，問老闆娘。

「還不是那幫意大利人。」她説。

「他們鬧甚麼呢？」

「在排戲呢。」

「在哪兒？」

老闆娘甩甩頭：「在後邊兒的屋裏。」

「我能去看看嗎？」

「應該可以吧。」

老闆怒視着我走出店堂。我穿過一道石廊，見眼前有間半明半昧的大屋，裏面牆邊上堆滿了表格單子，可能是會議室吧。屋子的一頭是個墊高的舞台。舞台上擺着一張桌子、一盞燈，幾個意大利人正圍着枱燈，一邊比手畫腳，一邊嘻嘻哈哈。他們把啤酒杯要麼放在桌上，要麼擱在舞台的地板上。那瘦小、精明的青年正認真翻閱着手裏的文稿，其餘人都俯身圍着他。

聽到我走進門，他們全抬起了頭，透過昏暗的暮光遠遠打量我。他們以為我只是誤闖進屋子，馬上就會離開。而我卻用德語問道：

「可以進來看嗎？」

他們還是不願搭理我。

「你說甚麼？」小個子問道。

其他人都站在邊上望着我，像困獸一般，略有些遲疑。

「我能不能進來看看？」我先說德語，然後感覺很不自在，便又改口用意大利語說：「你們在排戲吧，老闆娘告訴我的。」

此刻，在我身後是那空曠的大廳，漆黑一片，而意大利人則站在高處。桌上的燈光照在他們身上，每個人都露出了一副蔑視的表情。在他們眼裏，我不過是個貿然闖入的閒人罷了。

「我們也是業餘的。」小個子說。

他們想讓我走，可我卻想留下來。

「可以旁聽嗎？」我問，「我不想待那兒。」說着，我別了別頭，指着外面的店堂。

「可以，」機靈的年輕人答應了，「可我們現在還只是對稿。」

他們開始對我友好起來，接納了我。

「你是德國人？」有個小夥子問。

「不是——英國人。」

「英國人？那你住在瑞士？」

「不——我打算步行去意大利。」

「步行？」

他們全都瞪大了眼，很是驚訝。

「是啊。」

然後，我就向他們介紹了我的行程。他們很納悶，不明白我為甚麼非要步行。可是，當聽說我要一路造訪盧加諾[7]、科摩[8]和米蘭，卻又歡欣鼓舞。

「你們打哪兒來？」我問道。

原來，他們都來自維羅納和威尼斯一帶的農村，也都去過加爾達。於是，我就跟他們談起了我在那裏的生活。

「那些山裏的農民啊，」他們立即打趣道，「都沒啥文化，野蠻得很。」

我一聽這話，馬上聯想到保羅、「硬漢」，還有房東彼得羅先生。我痛恨這些工人如此肆意評判他人。

然後，我就往舞台邊上一坐，開始看他們排戲。約瑟夫，那個精瘦、機靈的小個子，他是帶頭人。我看其他人唸台詞都磕磕巴巴的，特別費勁，就好像識字不多的老農，一次只能唸一個字，而且，要等唸完一段再合起來才知道唸的甚麼。這是一齣熱鬧的情節劇，是票友們專為狂歡節排演的，劇本就印在廉價的小本子上。今天是他們第二次排練。那個黝黑、帥氣的傢伙見有姑娘在場，格外興奮，一心想要表現表現，可人家姑娘卻跟塊石頭似的，完全無動於衷。他邊唸稿邊大笑，一會兒又漲紅了臉，台詞唸得七零八落。幸虧有約瑟夫在一旁提詞，這才明白自己到底在唸甚麼。那個白白胖胖的慢郎中倒還比較專心，雖然唸得挺吃力。而另外兩個男的則多少也有些心不在焉。

最好說話的還得數阿爾貝托，就是那個白胖、遲鈍的傢伙。他的戲份不太重，所以能坐我旁邊，陪我聊天。

他說，他們這幾個人都在村裏的工廠上班——我想，應該是絲廠吧。這裏有一大幫意大利人，總共三十來戶，都是陸續從國內遷來的。

約瑟夫在村裏住得最久。他十一歲就隨父母來到這裏，上的瑞士學校，所以德語特別地道。他人很聰明，已婚，育有一雙兒女。

阿爾貝托自己在這山谷裏生活了七年，瑪德麗娜十年，而為她羞紅了臉的阿爾弗雷多，那個膚色黝黑的男人，他在村裏也約莫住了九年——這些男人裏面，就他還沒有成家。

其他人都娶了意大利人做老婆，住在黃窗子的大宅裏，緊挨着機聲隆隆的絲廠。這些人群居在一處，都只會說幾句簡單的德語，只有約瑟夫像個本地人。

和這些流落異鄉的意大利人在一起，感覺特別奇怪。未婚的黑皮帥哥阿爾弗雷多很傳統。可是，連他都胸懷着新的志向，就彷彿有甚麼更偉大的意志懾服了他，儘管他是個注重感官、不動腦子的人。他彷彿認定了某種超越自身的事物。在這點上，他和「硬漢」不同：他甚麼都聽從老天的安排。

我注視着台上的這些意大利人，覺得非常奇妙：他們全都那麼溫柔、感性、動人，閃耀着光芒，而被圍在中間的約瑟夫卻始終沉靜、含蓄、不動聲色。他面露一種專注近於虔誠的神色，所以在眾人的擁簇下更顯得突出，更像個貞定、永恆的存在。團員之間起了爭執，他也不急着插手，而總要等吵到一定程度，才把他們拉回來。總之，只要基本不偏離主線，大體能進行下去，他都不會貿然干預。

這些人又抽煙又喝酒，一分鐘都沒閒着。阿爾貝托是他們的酒保：他不停地把酒杯端出去又拿回來。瑪德麗娜喝的是小杯。就這樣，一夥兒人沐浴在舞台的燈光裏，唸稿、抽煙、排練，面對着大廳裏空曠的黑暗。他們雖然看似孤立、詭異，但走到一起便成了遠離這瑞士荒漠的一片仙境，狹小而卑微的仙境。在古老的傳說中，只要搬開巨石就能發現地下的奇境，這我是相信的。

阿爾弗雷多興奮、羞怯、英俊，然而，他的情愫卻是溫柔、含蓄的。他擺好姿勢，咧嘴傻笑，然後很快進入了角色。阿爾貝托雖然遲緩、費力，卻不時有自然、生動的發揮，應答和姿勢也算是有模有樣。瑪德麗娜把頭靠在阿爾弗雷多的懷裏，其他男人見了全都立刻警醒。就這樣，大家專心排練了半個小時。

小個子約瑟夫機靈又活潑，大家一直圍着他打轉，可他幾乎就像個隱身人。如今回頭想想，腦海中的他已經面目模糊，反倒是燈下的其他人，一張張臉連同生動的姿態次第浮現。那個瑪德麗娜，粗俗、蠻橫又可惡，說話很大聲，還喜歡挖苦人。她一頭倒在阿爾弗雷多的懷裏。阿爾弗雷多溫柔、多情，反而更像個女人，瞬間滿臉潮紅，興奮得兩眼發光，直流口水。至於阿爾貝托，他還是那個慢吞吞、很吃力的樣子，可是，舉手投足間獨有一種純淨的簡單，而這也在他的臃腫與平凡之外平添了一絲美感。還有另外兩個男的，他們靦腆、易怒又愚鈍，有時還會表現出意大利人的心血來潮。在燈下，每個人的臉龐都那麼清晰，每個人的肢體都那麼生動。

只有約瑟夫的臉像一道微光，湮沒在眾人的滿面紅光中；只有他的身體像影子一般，稍縱即逝。然而，他的存在卻似乎對所有人都有影響，可能只有那個剛硬、倔強的女人除外。所有男人似乎都被這矮小的領導震懾住了，鬱鬱而不得志。可是，他們或許脾氣暴躁，但個性卻都非常溫柔。

後來，老闆娘的小侄女來了，她站在大廳門口朝我們嚷了一聲。

「我們得走了，」約瑟夫對我說，「這裏十一點打烊。不過，鄰近教區還有家旅館，通宵開放。跟我們走吧，咱們一塊兒喝酒。」

「可是，」我說，「我怕會打攪你們。」

不，他們非但沒這麼想，還硬逼着我和他們同去；他們很想也讓我快活快活。阿爾弗雷多紅着臉，熱情洋溢，非要我喝酒，從他們老家帶來的正宗意大利紅酒。這些人可都是說一不二的性格。

於是，我就去跟老闆娘商量。她說，我必須在十二點以前趕回客棧。

那天晚上天特別黑。馬路下面河水奔流不息，河對岸有座大廠，從廠房傾瀉而出的微光蕩漾在水面上。透過窗口的亮光，可以看見黑魆魆的機器正在運轉，而旁邊就是意大利人居住的宿舍樓。

我們一行人穿過紛亂、蒼莽的野村，下到河邊，再翻過小橋，然後爬上了陡峭的山坡——我傍晚來村裏走的就是這條路。

終於，我們到達了咖啡館。這家店和德國客棧果然大不相同，可是，也不太像意大利風格。店裏面燈火通明，桌上鋪着紅白相間的桌布，一切都那麼嶄新又乾淨。

老闆就在店裏，還有他女兒，一個漂亮的紅髮姑娘。

大家立刻親切地互致問候，就像在意大利一樣。但同時，那裏面又響起另一個調子，一點微弱而矜持的回聲：這些人似乎不太接觸外界；他們總是蜷縮在自己的小圈子裏。

阿爾弗雷多覺得熱，於是脫下了外套。幾個人圍着一張長桌隨意坐下，紅髮姑娘端來一夸脫的紅酒。別桌的人都在玩牌，那種很特別的那不勒斯紙牌[9]。他們說的也是意大利語。於是，這瑞士的寒夜裏便多出了一點意大利的熱鬧與溫馨。

「你到了意大利，」他們對我說，「請代我們向她致敬，向太陽和大地致敬。」說完，大家一起為意大利舉起酒杯。他們說出了想要讓我捎帶的問候。

「意大利的太陽啊太陽。」阿爾弗雷多深情地說道。我發現他早已嘴角濕潤，似醉非醉。

這讓我想起了恩里科·佩瑟瓦利，還有他在《群鬼》最後那可怕的呼喊：

「太陽，太陽！」

於是，我們便聊了一會兒意大利。看得出來，這些人對故鄉滿懷着深深的思念，哀傷卻又難言。

「你們沒想過回去嗎？」我想要他們明確回答我，「有朝一日回到故鄉？」

「嗯，」他們說，「要回去的。」

可是，聽那口氣似乎有所保留。我們聊意大利，聊那裏的歌曲和狂歡節，聊那裏的吃食，玉米糕和鹽。他們見我假模假式地用勒線切糕，全都笑壞了，因為這讓他們想起了故國的南方，鐘樓上悠揚的樂聲，耕耘後田間的飲食。

然而，那笑聲裏卻又夾雜着隱隱的傷痛、鄙薄與耽愛。一個人被剝奪了過去及其種種，自然會有這樣的感受。

他們熱愛那片故土，但卻再也不會回去。他們全部的血液、全部的感覺都屬意大利，渴望意大利的天空，渴望那裏的鄉音，還有感性的生活。沒有了感覺，生活很難繼續。他們的心智並不發達；理性上，他們仍是長不大的孩子，天真、可愛、近乎脆弱的孩子。但在感性上，他們已經成年，豐富、圓滿的成年。

然而，一朵簇新的小花，飽含着新的精神，卻在他們的心田掙扎待放。意大利社會的底層向來信奉異教、崇尚感性；其最強大的象徵便是性。孩子其實是個異教的象徵：它象徵人類如何以生殖實現永生的勝利。在意大利，十字架崇拜從來都不那麼穩固，屬北方的基督教也從未在這裏有過甚麼地位。

如今，北方正在反思它的基督信仰，試圖將它全盤否定，而意大利人卻在奮力反抗那仍在主宰他們的感性精神。歐洲的北方，不論是否痛恨尼采，都在呼喚並踐行着酒神的狂歡精神，而南方卻在努力擺脱狄俄尼索斯，擺脱生命對死亡的戰勝與肯定，擺脱以生殖達致不朽的信仰。

可以想見，這些意大利的兒女永遠都不會返回故鄉。對於保羅、「硬漢」這樣的人來説，當初的逃離只是為了日後的回歸。舊傳統的勢力實在太強大了。愛國精神也好，鄉土觀念也罷，不管叫甚麼，都是異教舊思想在作祟，都是對「生殖以致不朽」觀念的肯定，都是對基督教「克己、博愛」的反動。

可是，「約翰」和這些流落異鄉的意大利人一樣：他們都屬年輕一代，沒想過要回去，至少不想回到那個古老的意大利。雖然免不了痛苦掙扎，雖然要繃緊每根神經，畏避北歐與美國那冷漠、垂死的物質主義，但他們仍然願意為了別的嚮往忍受這一切。由於常年蜷縮在陰晦、苦寒的瑞士山谷，常年在工廠裏賣命，所以肉體必然會經歷一次死亡，就好比當初「約翰」在街上與地痞搏鬥。但這肉體的死亡裏，自會生出一種新的精神來。

就連阿爾弗雷多也遵從了這一新的歷程。雖然本質上完全屬「硬漢」那一類，但他卻是感性的，不注重思想。但因為受了約瑟夫的影響，他又一蹶不振，並且對這新的精神隔膜起來。

很快，大家都喝得微醺。這時，那個約瑟夫開始來找我說話。他心頭有一團不滅的火焰，燃燒、燃燒、燃燒，那是心靈的火焰、靈魂的火焰，一種清新、透亮的東西，連溫柔、感性的阿爾弗雷多都被它俘虜了，更別說智性較為健全的其他人。

「這位先生，你也知道，」約瑟夫語重心長地對我說；那聲音細若游絲，恰似靈魂的低語，「男子漢四海為家。意大利政府與我們何干？政府算甚麼東西？它只會叫我們替它賣命，剝削我們的工資，送我們上戰場——有甚麼用？要政府有甚麼用？」

「你當過兵？」我插嘴問道。

他沒有，他們都沒有；而這也正是他們不能回國的原因。如今，既已知道箇中緣由，也就不難解釋為甚麼一說起熱愛的祖國，每個人都吞吞吐吐的。他們永遠捨棄了故鄉，捨棄了父母。

「政府能做甚麼？他們就知道抽稅、養軍警、修馬路。可是，我們沒軍隊也照樣活，沒警察自己也能管，沒馬路自己也會造。政府是個甚麼玩意兒？誰需要它？

只有那些貪贓枉法、圖謀不軌的人才需要吧。這根本就是他們為非作歹的工具。

「為甚麼要有政府？在這個村裏，有三十戶意大利人。他們沒政府管，意大利政府想管也管不到。大家住在一塊兒，可比在國內快活。錢賺得多，人也自由，沒有警察管，也沒有那些破法律。大家互幫互助，沒一個受窮的。

「這些政府憑甚麼總是一意孤行？假如我們都是意大利人的話，昔蘭尼加[10]根本就不會打起來。幹壞事的都是政府。他們說一套、做一套，完全不顧我們的想法。」

其他人本來喝得醉醺醺的，癱坐在桌邊，可一聽到這番話，全都嚇得變了臉色，就像不知道做錯甚麼事的孩子。他們開始坐不住了，轉過身去，做出近乎痛苦難忍的手勢。只有阿爾弗雷多把手搭在我手上，笑得樂不可支。他只要甩一下他那結實的胳膊，就能把政府一拳打翻在地，然後就可以盡情放肆——隨心所欲。他看着我笑得十分燦爛。

雖說是酒後吐真言，可約瑟夫卻很有耐心。相比於阿爾弗雷多的溫潤與俊朗，他淡然的明淨與美就如同天上的恆星。他望着我，耐心地等待。

可我並不希望他繼續，也不想回應他的話。我能感受到他身上的那種新精神，獨特、純粹，還略有些驚人。他想跟我要甚麼東西，可我卻給不了。我的靈魂在某處慟哭，無助得像個夜啼的嬰孩。我答不上來，我無法回應。他眼巴巴看着我，看着我這個英國人、讀書人，似乎想要得到個確證。可我實在無能為力。我知道那思慮的無邪純淨，知道一種真正恆星般的精神在誕生之前要經歷怎樣的陣痛。可我無法證實他的話：我的靈魂無法回應。我不相信人會日臻完善；我不相信人會和諧無間。這只是他的信仰，他的那顆恆星。

午夜將至。有個瑞士人進來要喝啤酒。幾個意大利人又聚攏來，誰也不說話。時間不早了，我得走了。

他們熱情地跟我握手，十分真誠。他們對我寄予了無言的信任，把我視為某種高深知識的代表。然而，約瑟夫的臉上自有一種堅定不拔的剛毅，一種執着的信念，即便在失意、受挫的時候。他送給我一份日內瓦出版的無政府主義小報，記得名字就叫《無政府主義者》。我瞥了一眼，發現是意大利文的，簡單、幼稚，很有煽動性。原來，這些意大利人都信仰無政府主義。

我在瑞士濃重的夜色裏疾行，翻下山，走過小橋，踩着崎嶇不平的石子路。我不想思考，也不想知道。我想叫停所有的活動，將一切凝固在此刻，限定在這奇遇裏。

我一路跑到客棧門口，正要拾級而上，突然發現一旁暗處有兩個人影在晃動。他們輕聲互道晚安，然後就分開了。姑娘轉身要去敲門，而那男的則已消失在茫茫夜色中。原來，這姑娘就是老闆娘的侄女；她剛才是在和心上人說話呢。

客棧的門已經鎖了，我和姑娘等候在門外的石階上。午夜的天一片漆黑，坡下流水汩汩作響。這時，就聽過道裏有人大喝一聲，像氣急敗壞的呵斥，而門閂還插在門上。

「客人等在外面吶，那位外國來的先生。」姑娘喊道。

門裏面又是一通怒罵，那是老闆的聲音：

「就外面待着吧。這門我再也不開了。」

「人家房客等在這兒呢。」姑娘重複道。

說完，就聽裏面又有了動靜。大門突然洞開，老闆一下子衝到我們面前，手裏揮舞着掃帚。這情景在半明半昧的過道裏看着尤其詭異。我茫然望向門口。老闆瞪着我，像中了邪似的，一把扔了手裏的掃帚，癱軟下來，可嘴裏還在不停地咕噥，瘋瘋癲癲的，也不知道說些甚麼。然後，他又撿起地上的掃帚，開始放聲大哭。

「你回來晚了，門關上就不再打開。我要報警，讓他們來。説好的十二點；十二點關門，過時不候。誰要回來晚了，就別想進門——」

他一直這麼咆哮，嗓門越來越大，連廚房裏都聽見了。

「回來啦？」老闆娘冷冷地問了一句，然後領我上了樓。

這是間臨街的客房，收拾得挺乾淨，只是屋裏放了一隻盥洗用的大罐子（以前盛裝過豬油或者瑞士牛奶），實在大煞風景。不過，好在床鋪倒還過得去，而這才是最最要緊的。

我人在屋裏，可還是能聽見老闆在嘶吼。另外，還有個冗長、持續的重擊聲，砰、砰、砰，也不知從何而來。我因為睡在裏屋，得穿過兩張床那麼寬的外屋，才能走到房門口，所以也不太清楚具體的方位。

但我還是迷迷糊糊睡着了。

第二天早上醒來，在大罐裏洗漱完畢。我望見街上幾個來往的行人悠閒地徜徉在週日的晨光裏，感覺就像回到了英國。然而，這也正是我避之唯恐不及的。街上見不到一個意大利人。一座廠房矗立在河邊，粗獷、龐大又陰沉；黯淡的石砌宿舍樓就在近旁。除此以外，整個村子就只剩下一條零落的瑞士小街，幾乎完全不受外界的影響。

早上，老闆恢復了平靜和理性，甚至還更友好了一些。他很想跟我聊天，一開口就問我在哪兒買的靴子。我告訴他是在慕尼黑。他又問花了多少錢。我說，二十八馬克。他對我的鞋印象深刻：這麼好的靴子，這麼柔韌、漂亮的皮革，他已經好久沒見過了。

這一說我才明白，原來是他替我擦的靴子。我甚至能想見他一邊擦拭、一邊讚嘆的樣子。我其實挺喜歡這老闆的。想必，這曾經也是個愛幻想、心思細密的人。可現在，他整天喝得爛醉，早已不成個人樣兒。我痛恨這個村子。

早餐他們預備了麵包、黃油、一塊重約五磅的奶酪，還有鮮甜、大塊的糕餅。這些都很美味，我吃了心裏非常感激。

這時，店裏來了幾個村中的年輕人。他們穿着禮拜天的盛裝，很是呆板。於是，我又不禁想起禮拜天的英國，也是一樣的正經八百，一樣的煞有介事。倒是店老闆反而敞開馬甲坐着，襯衣下面隆起了大肚皮，一張老臉湊到前面，喋喋不休，問東問西。

幾分鐘後，我重又踏上了旅程。謝天謝地，路上沒有一個行人，我總算可以遠離人群了。

我不想看到那些意大利人，因為心裏堵得慌，不忍再見他們。我是很喜歡他們的，但因為某種緣故，一想到這些人，想到他們將來的生活，腦袋就會跟鐘錶似的立即停擺。只要一有念想，心就好像被甚麼神奇的磁力惑住了，動彈不得。

我也不知道為甚麼。我沒辦法給他們寫信，沒辦法想念他們，就連他們送我的小報也一直扔在抽屜裏。我回意大利都好幾個月了，可始終還沒認真讀過一次。但我時不時會瀏覽幾行，一顆心也常常飛到他們身邊，想念他們排演的戲，想念咖啡館裏的紅酒，想念那個美好的夜晚。可是，只要回憶一觸及他們，我整個靈魂就停擺了，失效了，無法繼續。即便今天，我依然無法認真思考這一群人。

我不由自主地往回縮，不知道為甚麼。

註釋：

[1] 康士坦茨（Constance），地處德國西南角，康士坦茨湖的西端，與瑞士接壤。

[2] 沙夫豪森（Schaffhausen），瑞士最北端小城，毗鄰德國，歷史悠久，風景秀麗。

[3] 尼伯龍人（the Nibelungs），德國傳奇故事中的矮人。

[4] 巴登（Baden），德國西南一地區，以礦泉療養地著稱。

[5] 名歌手（Meistersinger），即詩樂協會會員，十四至十七世紀期間德國行業工會從工匠中選拔的人才。他們會吟詩、清唱，甚至創作詩歌，復興了中世紀吟遊歌手的傳統。

[6] 恩里科．卡魯索（Enrico Caruso, 1873-1921），意大利著名男高音歌唱家。

[7] 盧加諾（Lugano），瑞士南部旅遊城市，位於盧加諾湖畔，通行意大利語。

[8] 科摩（Como），意大利北部城市，位於科摩湖畔，以「絲綢之都」著稱。

[9] 一副那不勒斯紙牌只有四十張，分為酒樽、金幣、寶劍、權杖四種花色。

[10] 昔蘭尼加（Cyrenaica），今利比亞東部沿海地區，意土戰爭（一九一一—一九一二）勝利後，意大利從土耳其手中奪取的屬地之一。

歸途

行旅的腳步必須向南或者向西。倘若北上、東進，則必然走進死巷、誤入歧途。自從當年十字軍東征凱旋，一直都是這個道理。比如文藝復興時期，西天也一樣被視為通向未來的拱門。至於今天，這仍是我們不二的選擇：要麼西行，要麼南下。

即若由意大利步行至法蘭西，一路上亦不免愁苦、傷懷，而向着意大利南行的旅程卻總是如此令人開懷。一想到向西走，就算走到康沃爾，走到愛爾蘭，精神都會為之一振。彷彿那磁極本就是西南——東北走向的；夕陽下，我們的精神都指向西南，因為那裏是正極。穿行在瑞士的山谷中，雖然感覺陰晦、壓抑，可是前進的每一步都閃着光和喜悅。

週日的早晨，我告別了意大利人棲居的那個山谷，疾行過河，然後一路朝盧塞恩[1]而去。背上行囊，翻山越嶺，出門遊歷的感覺真好。可是路邊的樹林太密，我還不能盡享自由。星期天的早上，萬籟俱寂。

兩小時後，我登上了山頂。狹長的蘇黎世湖就在眼底，遠處低矮的山丘環抱着平坦的河谷，高低錯落，猶如一張立體地圖。我不忍心看，因為一切都太袖珍、太虛幻，感覺就像俯視一張巨大的地形圖，讓人恨不得想把它撕爛。它似乎故意橫亙在我與現實之間，讓我無法相信這是真的世界。在我眼裏，這更像虛構的場景、捏造的偽物，更像在牆上的風景畫，呆板的用色與線條掩蓋了真實的美景。

我繼續往前走，翻到山脊的另一側，再次舉目遠眺。只見那邊同樣山嵐縹緲，湖面波平如鏡，但山勢卻要高一些，其中最壯觀的當屬里吉山[2]。然後，我就下山了。

山下農地肥沃，遠近各有幾處村落。教堂的禮拜剛結束，信眾們正走在回家的路上。男人身穿厚呢黑衣，頭戴老式的煙囪絲帽，手裏拿着傘；女人們握着經書和傘柄，衣着醜陋不堪。街上盡是這些黑衣的男人和呆滯的女人，一切都籠罩在沉悶的週日氣氛中。我很討厭這樣。這讓我回想起童年的情景：每到禮拜天，大家就裝出一副「正經」模樣，古板又無聊，像緊箍咒一樣束縛着自我。我憎惡這些身穿厚呢黑衣的長者，一臉的平正肅然，滿懷虔誠地等着回家吃飯。我憎惡這些村莊給人的感覺，富足、安逸、潔淨、穩妥。

靴子太緊了，兩個腳趾被擠壓得隱隱作痛。這是常有的事。此時，我已下到山間的一塊寬淺、濕軟的平地上。這裏距村口約有一英里之遙。我在溪畔的石橋邊坐下，撕開手帕，把腳趾包紮好。就在這時，只見兩位黑衣老者腋下夾着雨傘，從村口向我這邊走來。

我看到這些人就惱火，於是只得趕緊穿好鞋子，繼續趕路，就怕被他們追上。我受不了這些人説話、走路的樣子，生硬、世故，還總愛拐彎抹角。

沒過一會兒，天竟然下起了雨。我當時正從一座小山上往下走，一看這情形，便索性坐到一棵矮樹下，欣賞起枝葉上的雨滴來。而我也確實樂於待在那裏，無家可歸，無牽無掛，就蜷伏在那路旁的小樹林裏。我自覺就像那溫柔的人，已經承受了地土。[3] 幾個男人豎起衣領從我眼前走過，雨水打濕了他們的肩頭，原本的厚呢外衣因此愈加顯得深黑。他們看不見我。我像幽魂一樣透明、安全。我吃着在蘇黎世買的食物，一邊等着雨停。

這是個濕漉漉的週日下午。我走在醜陋不堪的馬路上，目睹來往的電車，還有許多表情呆滯的路人。越接近小鎮，那週日的萎靡與荒蕪就越讓人不堪承受。

湖上煙霧濛濛，岸邊蘆葦叢生。我繞湖走了一圈，突然別進湖畔的一棟小別墅，想討口茶喝。在瑞士，每戶人家的房子都可以叫別墅。

眼前這棟別墅裏住着兩位老太太和一隻嬌氣的狗——她們不許狗把腳弄濕。我在別墅裏很開心，又有美味的果醬，又有特別的蜂蜜蛋糕，喜歡得不得了。倒是兩個矮小的老太太忙得團團轉，像兩片枯葉一直追着狗兒跑。

「怎麼不放牠出去？」我問。

「這天太潮濕，」兩人回道，「怕牠到了外面咳嗽、打噴嚏。」

「是啊，不帶塊手帕還真不行。」我說。

就這樣，我們變成了知己。

「你是奧地利人？」老太太問我。

於是，我告訴她們：我從格拉茨來，我父親是當地的醫生。目前，我正在徒步遊歷歐洲各國。

我之所以這麼説，一來是因為我認識個格拉茨的醫生，他總是到處遊蕩；二來，我想換個身份，不想讓老太太知道我是英國人。果然，我們馬上變得無話不談。

老太太的牙全掉了，可她們還是神秘地告訴我不少房客的事。以前有個男的，整天就知道釣魚，每分鐘都在釣魚，連釣了三個星期，一天都沒歇着。可是，有很多天都是一無所獲。但他不管，還是繼續在船上釣魚。總之，兩人絮絮叨叨，説的全是些瑣事。接着，老太太又告訴我，她倆原先還有個妹妹，可惜後來死了。的確，這屋裏還縈繞着那悵然若失的氣氛。姐妹倆邊説邊抹眼淚，而我一個格拉茨來的奧地利人，居然也大為感動，甚至還把眼淚滴到了桌上。我替姐妹倆感到傷心，真想給她們一個吻，以示安慰。

「只有天堂才暖和。那兒不下雨，也沒有人會死。」我一邊說，一邊凝視着潮濕的樹葉。

然後，我就告辭了。本來是要在這家過夜的：我心裏其實挺想。可我現在既然已是奧地利人，這麼做恐怕就不妥了。

所以，我只好繼續趕路，終於，在城裏住進了一家極恐怖、極不堪的客棧。第二天，由山陰處攀上那醜陋的里吉山，在惡劣的旅館裏又住了一宿，然後才下山來到盧塞恩。我在山上遇見一個迷路的法國青年。他不會説德語，也找不到説法語的人。於是，我們就找了塊石頭坐下來，結交為好友。我保證將來一定去阿爾及爾的軍營看望他：我打算從那不勒斯坐船去阿爾及爾。他把地址寫在名片上，還説他部隊裏有朋友，到時候會介紹我認識；要是我願意待一兩個星期，大家還可以在阿爾及爾好好兒玩一玩。

比起里吉山，比起我們坐的這塊石頭，還有山下的湖水、遠處的山巒，阿爾及爾可要真實多了。阿爾及爾很真實，雖然我從沒去過；而這青年也將成為我永遠的朋友，雖然他的名片我已經弄丟，他的名字我已經淡忘。小夥子是個公務員，來自里昂；這是他入伍前第一次出國旅遊。說着，他還掏出「環遊門票」給我看。最後，我倆還是分道揚鑣了：他要登頂里吉山，而我則必須下山。

盧塞恩和盧塞恩湖——像包裹牛奶巧克力的糖紙——一如既往地令人生厭。我一晚都不能在這裏待，於是便跳上輪船，一直坐到終點。下船後，找到一家很好的德國旅店，這可把我給樂壞了。

這店裏有個又高又瘦的小夥子，臉膛被太陽燒得通紅。我猜他是德國來的遊客。這人剛進店，此刻正吃着麵包、喝着牛奶。餐室裏只有我們兩個人。他拿着一份畫報在看。

我見窗外輪船在湖上奔忙，一邊還噴着蒸汽，於是就用德語問那人：「這船整晚都在這兒停靠嗎？」

可他晃晃腦袋，頭也不抬，只顧吃着他的麵包和牛奶。

「您是英國人？」我問。

只有英國人才會把臉埋在牛奶碗裏，才會驚慌得耳根發紅、一直搖頭。

「嗯，」他說，「我是。」

我一聽那倫敦口音，差點兒嚇一大跳。那感覺就像突然置身於倫敦地鐵似的。

「我也是，」我說，「您打哪兒來？」

於是，他便開始向我娓娓道來，就如同將軍講解作戰計劃一般。他先翻過了富爾卡山口[4]，然後又步行了四五天，真可謂馬不停蹄。這人不懂德語，也不了解這一帶的山區，但還是獨自一人上路了：他有兩週的休假。他一路橫渡羅納冰河[5]，穿越富爾卡山口，再從下游的安德馬特[6]步行至日內瓦湖。僅僅這最後一天，他就已經走了三十英里的山路。

「你這麼走不累嗎？」我驚訝地問。

他其實累壞了。臉被雪光灼得通紅，再加上狂風的蹂躪，整個人早已疲憊不堪。在過去這四天裏，他已疾行了一百多英里路。

「好玩兒嗎？」我問。

「可好玩兒啦。我想走完全程。」他是這麼想的，他也的確做到了。可天曉得這麼做的意義何在。他打算在盧塞恩待一天，接下來還要去茵特拉肯[7]和伯爾尼逗留一天，然後啓程回倫敦。

我真為他感到痛心：都已精疲力盡了，居然還在硬撐，還不服輸。

「你怎麼光走路呢？」我問，「這山谷裏通火車，怎麼不坐火車？值得嗎？」

「我感覺挺值得。」他説。

可他實在已經勞累過度：眼圈發黑，視力模糊，就跟瞎了似的。寫明信片的時候，他得把腦袋探出來，否則甚麼也看不見。但儘管這樣，他還是沒忘把明信片側過一邊，生怕我看見他寫給誰。我可沒那興趣；我只是覺得他那些謹小慎微的動作頗像英國人的作風。

「打算幾點動身？」我問。

「最早一班輪渡是幾點？」説着，他掏出一本帶有時刻表的旅行手冊。他決定七點左右出發。

「這麼早？」我反問。

他必須在預定時間到達盧塞恩，然後在傍晚前趕到茵特拉肯。

「回倫敦總該休息休息了吧？」我説。

他忽然瞥我一眼，態度有些遲疑。

我正喝着啤酒，便問他要不要也來點兒甚麼。他想了想説，還是再來杯熱牛奶吧。老闆走過來，問：「還要麵包嗎？」

他搖搖頭，因為實在吃不起。他已經窮得叮噹響，一分錢都得省着用。老闆端來牛奶，問我這英國人甚麼時候走。於是，我就在他和老闆之間幫着協調、溝通。然而，他對我的介入卻稍感不適。他不想讓我知道他早飯要吃些甚麼。

我很能體會那台社會的大機器是如何鉗制着他。這個人在倫敦辛苦了一整年，每天擠地鐵、拼命幹，像個木頭人似的。然後，湊足兩週的假期，重獲了自由，於是便帶上旅行計劃，帶上剛好夠用的旅費，跑到瑞士來。最後，再用剩下的錢在茵特拉肯買些禮物——小件的雪絨花陶器。我甚至能想見他如何帶着禮物回國的情景。

他就這麼來了，滿懷無比的勇氣，帶着些許悲壯，一腳踏上了異國的土地。在這裏，他要應付古裏古怪的老闆，而且除了英語，他甚麼語言都不通，荷包又實在有限。然而，他就是想要翻山越嶺，橫渡冰河。他走啊走，像着了魔似的，一直向前。而他的名字好像真的就叫「埃克塞西奧」[8]。

可是，等真的到了富爾卡山口，他竟然只在山脊上走了走，也沒翻到山那邊，就直接沿老路下山了！我的天吶，真讓人受不了。這不，他剛又從山上下來，打算回家了：上船、坐車、上船、坐車、搭地鐵，一直回到那大機器裏去。

社會的大機器不會輕易放他走，這他很清楚。於是，便有了這殘忍的疲勞自虐，這殘忍的毅力考驗。我用德語問他問題，他居然都低着頭喝牛奶，痛苦得不得了。更何況生平第一次出國，第一次獨自徒步旅行。那該需要多大的勇氣！

他的目光很深邃，眼裏像是蘊藏着無比的勇氣。可是，明天一早他就回家了。他要回家，他全副的勇氣只是為了回家。雖然險些喪命，他還是要回去。為甚麼不回去？他已經痛苦不堪，就像戴着鐐銬生活。但他卻甘願忍受，甘願那樣死去，因為那是他的宿命。

他累得癱軟在桌上，只顧埋頭喝牛奶。然而，他的鬥志卻依然昂揚，依然堅定，儘管身體疼痛、虛弱，已經快撐不下去。我為我的同胞心痛如絞，絞痛直至滴血。

我不忍去體會同胞的處境：他和曾經的我一樣，和幾乎所有英國人一樣，辛苦工作只是為了謀一條生路。他不願屈服。他要趁假期徒步旅行，一直走，一直走，直到達成他的心願。無論多麼艱辛，他都不會停歇，不會喪志，不會氣餒，哪怕一絲一毫。意志的命令身體必須執行，就算必須承受蹂躪與折磨。

在我看來，這完全是愚蠢的行為。我看了幾乎快要潸然淚下。他去睡覺了。我漫步在黑沉沉的湖畔，一邊和店裏的姑娘攀談着。這是個很溫婉的女孩，正如這舒適、溫馨的旅店。住在這裏人會很開心。

第二天早上，天氣晴朗，湖上碧波蕩漾。預計晚間我將抵達這次旅行的巔峰。一想到這裏，我就喜上心頭。

那個英國人已經走了。我去入住登記裏找他的名字。那字跡很端正，一看就知道出自文員之手。原來，他住在倫敦南郊的斯特里漢姆。我頓時有些討厭他。這固執的傻瓜，居然那麼拼死拼活地幹。他所謂的勇氣難道不正是怯懦的極致表現嗎？這是多麼頑劣的根性——竟然以自虐為傲，簡直無異於下賤的印第安人。

旅店的老闆過來找我聊天。這是個心寬體胖、非常客氣的人。可是，我必須和顏悅色地把那英國人的事全告訴他；我要他為自己安逸的生活感到羞愧。然而，萬萬沒想到，養尊處優的他居然回了我一句：

「嗯，的確是邁出了一大步啊。」

接着，我也重新踏上旅程，在雪峰的環抱中，向着谷地的高處進發。我彷彿一隻昆蟲，從幽深、寒冷的谷底向上爬啊爬，仰望山頂，但見皚皚的白雪。

這裏早上有個家畜交易的集市，所以此刻路上全是悠遊的牛群，有些脖子上還繫了鈴鐺。所有的牛表情恬淡，只在眼裏露出一點兒驚訝的神色，而牛角也會隨之突然轉動。路邊、溪畔的草兒青翠碧綠。在我的左右兩側，陡峭的山坡紛紛投下了濃黑的暗影；巍峨、聳峙的雪峰上則是一片高天。

這裏的村莊遠離塵囂，寧靜、隱秘——遺世獨立。正如舊時的英國鄉村，它們絕世超塵，十分令人着迷。我在一家小店買了些蘋果、奶酪和麵包；那裏甚麼都賣，甚麼氣味都有，很有回到老家的感覺。

行行復行行，我漸漸地越攀越高，但怎麼都走不出峰巒的陰影。這時，我便很慶幸還好不在阿爾卑斯山常住。山坡上的村落，還有那裏的人們，似乎正在逐步下滑，一點一點，終將全部滾落到山下的河道裏，被流水裹挾而去，直到最後匯入大海。那些散落的小村高懸於山坡之上，毗鄰濕潤、青綠的草甸，背靠茂密的松林，下臨萬丈深淵，頭頂還有崢嶸的山岩。它們就像逼仄的流民安置地，岌岌可危。身處這無邊的黑影中，你時刻都能感受到壓迫與威脅；唯有偶爾透射進來的一縷陽光，如同打開了窗戶——想在這裏常住似乎很難。這地方讓人感覺一切都是過眼雲煙，似乎這裏遲早會發生一場巨變，所有的山峰終將在自己的陰影裏墜落。那山谷就像深陷的墓穴，而山坡則是崩坍的牆壁。山巔上絕世的白雪熠熠閃光，它彷彿象徵了死亡，永久的死亡。

在那迷人的皚皚白雪中，似乎寄寓着死神。它投下層層的暗影，驅遣着滔滔的石流，不斷俯衝下來，滾落到平地。所有的山民，坡上也好、谷底也罷，似乎就棲居在這奔騰的洪流之上，等待着死亡、崩坍與毀滅。

而崩坍的源頭、死亡的機關正是頭頂那巍峨的雪峰。在那裏，山巔接引着九天的陰寒，純白的冰晶不斷凝結；這是生死對決的恆定焦點。也正是從那裏，從那生死交疊的核心，雪白、閃亮，傾瀉出萬丈的洪流，奔向生命與溫暖。而我們棲居在下面，卻無法想像那向上的逆流，從冰雪的針尖奔向那難言的凜冽與死亡。

山下的人們，他們彷彿住在死亡的洪流裏，那是生命的最後階段，詭異、黯然。巨大的陰影籠罩在頭頂，冰冷的水聲縈迴在耳畔，那是揮之不去的死亡。

由於長年生活在陰影中，生活在冰雪的喧囂裏，似乎連人都變得陰鬱、污穢、殘酷起來。在冷冽的空氣裏，沒有花開花落，有的只是生命的不斷繁衍。

然而，你還是很難在此感受到鄉土人情。這裏到處是旅館和外國人，到處是腐食寄生的淵藪。邋遢的山民全都住在山坡上、岩縫中，尋常不容易看見。而在較為寬闊的谷地，人們也都還很怯生。可是，和外國遊客接觸多了，他們也漸漸學到一種新的腔調。至於城裏和鎮上，則完全已是生意人的天下。

我緩慢爬行了一整天，起先是沿着公路。只見鐵道線迂迴曲折，時而出現在頭頂，時而又到了腳下。後來，我又走了山邊的一條小路——這條路經過零星的農莊，甚至還穿過村裏神父的花園。神父正在裝飾教堂的拱門。他站在椅子上，沐浴在陽光裏，手舉一隻花環，站着的女傭正在大聲說話。

此處的山谷似較寬闊，山脈沒有直逼而來，峰巒也更為疏朗。人行其間，感覺頗為愉快。單塊石板鋪成的小徑順着山勢直衝而下；我獨坐於路旁，心曠神怡。

山谷底下有個小鎮，鎮上某處豎着長長的煙囱，濃煙滾滾，也不知是工廠、採石場還是打鐵舖。總之，我瞬間感覺像回到了家鄉。

人類世界的邪惡與粗糲，工業世界的荒涼與殘酷，正向着自然世界步步進逼。這一幕着實讓人心痛。彷彿工業的普及就如同風化、乾裂的過程，不斷蔓延、不斷破壞。但願我們早日學會如何心懷天下，而不只是着眼於小處。

我穿過深谷裏狹小、邪惡又粗陋的廠區；那裏的積雪散發着永恆的光芒。我途經巧克力和旅館的巨幅廣告牌，然後越過山口的最後一段斜坡，終於來到了隧道口。格申恩村就位於隧道口，這裏佈滿了縱橫交錯的鐵軌，充斥着雜亂無章的觀光別墅。環顧四周，到處是兜售明信片和車票的小販，還有長滿野草的廢棄車廂。沒想到，高山之巔竟也如此混亂、貧瘠。這又豈是久留之地！

於是，我便繼續向山口進發。大路上、小路上全是形形色色的遊客。而鎮上來的人，不管走路、開車，全都橫衝直撞，一點兒都不守秩序。這時，天色漸漸暗了下來。我緩步獨行在恢宏的岩壁間，跨過沉重的鐵門，眼前一條公路順着巉岩峭立的隘谷蜿蜒而下。這裏就是山隘的咽喉。關口掛着一塊牌子，那是為了緬懷在此陣亡的許多俄國人。

走出陰森的山口，一塊平坦的高地映入眼簾。傍晚時分，天色已是鐵青，空氣中透着寒意。關隘之外，路兩旁盡是廣袤的荒野。我走在大路上，一步步向着安德馬特逼近。

在這陰慘、荒涼的高原上，到處能見到士兵的身影。我路過軍營，路過了第一批觀光別墅。此刻，夜幕降臨，眼前的街道逐漸顯出破敗、雜亂的面目。安德馬特位於苦寒、荒蕪的高地，它本是整個歐陸的橋樑。然而，當文明的商隊行經此處，民居、旅館、營房、公寓便都紛紛坍塌、傾覆——好像這裏才剛發生過一場災禍。

我買了兩張明信片，在街上清冷的夕陽裏填寫完畢，然後攔住一名士兵，問郵局在哪兒。他給我指了路。在這裏的郵局投寄明信片，感覺跟斯凱格內斯、博格諾[9]倒也差不多。

我原想在安德馬特投宿一夜，可實在沒辦法。這整個地方過於原始、單調、雜亂，就像一輛搬運車翻倒在路邊，大件家具傾瀉而出，可是誰也不來收拾。我徘徊在街頭，徘徊在夕陽裏，很想找個地方過夜。街上有各種為遊客提供食宿的廣告，可是都不好。那種地方我進都不想進去。

這裏街邊的房舍每間都低矮、深檐，老舊得搖搖欲墜。無奈之下，我只好棄它而去。來到鎮外，眼前又是一片曠野。這裏的空氣清澄、甘洌。路一旁是平坦的荒原，另一旁則是綿延的童山和深坳，放眼望去，處處點綴着殘雪。可以想像，假如聖誕前後地上積起五六英尺的大雪，那時候來這裏滑雪、滑雪橇該有多美妙啊。可是，這一切都需要雪。而到了夏天，你若再來看，這裏將只剩下冬季殘留的碎石與岩屑。

暮色漸沉，雖然積雪映照下的空氣依然像玻璃般透亮。一輪明月掛在天空。一輛滿載法國遊客的大車從我身邊駛過。喧譁的水聲縈繞在耳畔，縷縷不絕，幾欲令人癲狂。彷彿這就是時光流逝的聲音，時而幽咽，時而湍急，時而百轉千迴，但卻從不停留片刻。時間在永恆裏奔湧，這便是瑞士冰川流動的聲音，它嘲諷並摧毀着我們溫暖的存在。

我趁着夜色來到某個小村。一座殘破的城堡矗立在岔路口，像是被永遠冰封了。眼前一條路沿山樑一直通往富爾卡隘口，另一條則繞至山的左側，避開了戈特哈特隧道[10]。

我必須在村裏過夜。就在這時，只見有個女人在門口張望，神色甚是慌張。看得出來，她在招徠顧客。我繼續往前走，來到山上的小街。這裏只有寥寥幾間房舍，還有一家亮堂堂的旅店，全都是木頭房子。一幫外地來的男人正站在門口大聲説笑。

此時天色已黑，想在村民家投宿已很困難，況且我也不想打擾別人。於是，我便折回剛才那家旅店。那個東張西望的女人看似十分焦急，巴不得哪位遊客能租下她的房子。

這是間乾淨又漂亮的木屋，足以抵禦嚴寒。而這似乎也就是它唯一的作用：避免房客遭受寒流的侵襲。屋內的陳設十分簡樸，除了桌子、椅子、光禿禿的木牆，再沒別的東西。人住在裏面感覺既溫馨又安全，就像度假小屋一樣，完全與世隔絕。

那個怯懦的女人迎上前來。

「還有床位嗎？」我說，「我想在這兒住一晚。」

「有，還有晚餐！」女人回道，「您要來點兒湯、蔬菜和煮牛肉嗎？」

我點點頭，坐下來默默地等。這裏基本聽不到冰川的聲音；無聲的寂靜似已凍結，屋子裏空蕩蕩的。那女人走過來走過去，盲目、倉促，像是在本能地對抗着寂靜。這凝定的岑寂幾乎可以觸手感知，正如眼前的牆壁、火爐，還有那鋪着白色美國油布的桌子。

這時，她忽然又出現在我面前。

「您要喝點兒甚麼？」

她眼巴巴地望着我，口氣很是謙卑，急促的語調中帶着一絲乞求的意味。

「葡萄酒還是啤酒？」她問。

我怕是受不了冰冷的啤酒。

「來半瓶葡萄酒吧。」我說。

我知道她會一直纏着我。

不一會兒，她端來了酒和麵包。

「吃完牛肉以後，要不要再來個煎蛋卷？」她問我，「煎蛋卷配干邑白蘭地——

我做的蛋卷可好吃啦。」

我知道這下得破費了，可還是點點頭。不管怎麼說，走了這麼長的山路，何不犒勞一下自己呢？

說完，她又走開了。我邊啃麵包，邊飲美酒，坐享着純然的孤絕與靜寂。我仔細諦聽，耳邊只有微弱的溪流聲，於是不禁自問，我為甚麼會在這裏？在這阿爾卑斯山的山脊上？在這點了燈的封閉木屋裏？我為甚麼會在這裏？

可是，我居然感覺很愉快，甚至有些欣喜：多麼寂靜、美妙的寒夜，多麼澄澈、透明的孤絕。這是一種恆久不破的境界：我身在世界的高處，呼吸着冰冷、滯重的空氣，孤身一人，了無羈絆。倫敦遠在我的腳下，英國、德國、法國在更遙遠的遠方——沉沉夜幕下，它們是那麼不真實。想來也是一種悲哀，此刻，這底下擾攘的塵世竟也如此虛幻。你在靜默中俯視它，彷彿一切都微不足道——廣大但卻毫無意義。既是如此的塵寰，那麼，何不悠遊其間？

這時，那女人端來了熱湯。我問她，夏天來這裏的人很多吧。不料，她沒回答我就被嚇跑了，快得就像風中的一片樹葉。不過，好在那湯倒是真的很美味，分量也給得足。

過了許久，下一道菜才端上來。只見她把托盤往桌上一放，直視着我，然後又別過臉去，畏畏縮縮地說：

「請您千萬原諒——我耳背——不怎麼聽得見。」

我瞥了她一眼，也有些驚訝。這女人因為自身的缺陷痛苦、畏縮。我疑心她是否被人欺負過，或者只是怕客人會不喜歡。

她擺好碗碟，又在我面前放了一隻餐盤，匆忙、緊張，然後像受驚的母雞一樣又溜走了。此刻，疲憊的我真想為這個女人痛哭，為這個由於耳聾而惶恐、怯懦的女人痛哭。這房子裏雖然有她，可依然空蕩、寂靜。又或許，正因為她聽不見，所以才多了一分沉寂與淒清。

煎蛋卷端來的時候，我大聲對她說：「湯和肉，都很好吃。」她緊張地直發抖，回了一句「謝謝」；就這樣，我總算跟她說上話了。這女人和大多數聾子一樣，本來好端端的，就因為害怕聽不見，反倒畏首畏尾的，失去了自信。

她說話很柔，有外地口音，也許真的就是外國人吧。我問她問題，可她卻誤解了，而我又不忍心去糾正她。我只記得，她說這旅店冬天經常客滿，尤其是聖誕前後。那些人都是來滑雪、遊玩的，其中有兩個英國姑娘就喜歡住她這裏。

一聊到這兩位，她就特別動情。可説着説着，突然害怕起來，然後又溜走了。我吃着煎蛋卷，品着好酒，抬頭向街上望去。只見外面一片漆黑，夜空裏的明星閃閃發亮，我彷彿嗅到了雪的氣息。這時，有兩個村民打門前走過。我累壞了，不想再出去找旅店。

於是，我便索性投宿在這寂靜的木屋裏。我的臥房也是木頭的，很小、很乾淨，但也很老舊。屋外溪水潺潺，我躺在鬆軟的羽絨床墊上，仰望滿天的星斗，凝視漆黑的四周，就這樣，漸漸進入了夢鄉。

第二天早上醒來，用冰水洗漱完畢後，我又開心地上路了。喧譁的溪流上籠罩着一層冰霧，幾棵瘦弱、稀疏的松樹立在路旁。我吃過早飯一結賬，發現總共花費七法郎——超支了。可是沒關係，只要能在戶外就行。

那天的天空特別藍，早晨的空氣也格外清洌，整個村子一片安詳。我一路往山上爬，突然看到眼前有塊路牌。我望了望富爾卡的方向，又想起那個筋疲力盡的英國人；此刻，他應該正在回家的路上吧。感謝上帝我不必回家，也許，永遠都不必了。於是，我走了左邊的那條路，開始向戈特哈特進發。

站在山巔，環顧巍峨的群峰，俯瞰山下的村莊和那破舊的城堡，眺望遠處曠野上凋敝的安德馬特小鎮。此情此景，實在令人雀躍。我果真還要下山嗎？

這時，我發現有個人也在闊步前進。定睛一看，原來是個小夥子，穿着馬褲，戴着登山帽，襯衫外面繫着吊褲帶。他走起路來虎虎生風，吊在帆布包上的外套跟着一搖一晃。我見狀不禁大笑，便放慢腳步等他，而他也馬上朝我這邊走來。

「你是要去隧道嗎？」我問。

「對，」他回道，「你也去那兒？」

「是啊，」我說，「那咱們一塊兒走吧。」

於是，我倆在石楠叢生的山岩間覓得一條小路，繼續趕路。

小夥子皮膚很白，長了一臉雀斑。他來自巴塞爾[11]，今年十七歲，在一家行李托運公司做文員——記得應該就是貢德朗兄弟公司吧。因為有一週的假期，所以他和那英國人一樣，也打算出門環遊一圈。不過，這人倒挺習慣走山路：據說，他還參加了運動俱樂部。你瞧他腳蹬厚釘鞋，雄赳赳、氣昂昂，邁着大步，毫不含糊就攀上了山岩。

我們佇立在山口之巔，但見開闊的山坡上片片殘雪，就像落自明淨的高天。峽谷裏滿是滚落的亂石，溜滑光禿，大如房舍，小若鵝卵。一條馬路迤邐其間，悄無聲息，穿過這高山上的絕世荒涼，耳邊唯有溪水在琤瑽作響。天心裏，雪坡上，峽谷的亂石叢中，到處灑滿了朝暉：這便是一切。我們正默默從北國穿越到南方。

可是，埃米爾就要坐火車回頭了：等傍晚過了隧道，他會在格舍嫩[12]繼續他的環遊。

而我將一路前行，跨越世界的屋脊，從北國進入南國，所以心情特別愉快。

兩個人在緩坡上攀行了許久，眼看頭頂的陡坡越變越矮，越來越向後退。天空似乎近在咫尺，而我們就行走在那蒼穹下。

自此，峽谷也愈漸開闊，一片空曠之地映入眼簾：那是山口的巔頂。這裏也有低矮的營房和士兵。我們聽到槍響，於是便駐足觀望。只見湛藍的天幕下，微淡的硝煙從雪坡上騰起，幾個渺小的黑影穿過雪地。接着，又是一記步槍的裂響，迴盪在山巔的稀薄空氣裏，聽來是那麼乾燥而不真切。

「太美了。」埃米爾大為讚嘆。

「是啊，很漂亮。」我附和道。

「在山頂上射擊，在雪坡上演練，這簡直太棒了。」

然後，他開始向我講述士兵生活是如何艱苦，操練任務又是如何繁重。

「你難道不想當兵嗎？」我問。

「不，我想。我想當兵，我想服兵役。」

「為甚麼？」我追問道。

「為了鍛煉身體和意志，為了變得更堅強。」

「瑞士人都很想當兵嗎？」我又問。

「是啊——都很想。這對個人有好處，而且還可以團結大家。再說了，前後也就一年時間，挺合適。在德國得要三年，時間拖太長，不好。」

於是，我便告訴他巴伐利亞的士兵是多麼痛恨服兵役。

「是啊，」他說，「德國人就這樣。體制不同。我們的好很多；在瑞士，當兵是很快樂的事。我很想去。」

就這樣，我們眼看士兵像一個個黑點，緩慢爬過高處的雪地，接着，耳邊不時傳來脆裂而詭異的槍響。

然後，就聽有人在吹口哨，士兵們吵吵嚷嚷的。我們打算走平地，再翻過前方的橋。於是，兩人加快腳步，從山坡下來，奔向遠處那座修道院改建的賓館。山頂上，湖邊蘆葦叢生，水面映現着幽藍、透明的光。這真是一片奇異的荒地：湖水、泥沼、巉岩、山路，在山脊兩側雪坡的環抱裏，在觸手可及的天幕籠罩下。

這時，那士兵又開始大喊，也不知道喊些甚麼。

「他說，我們要是不跑，就別想過橋了。」埃米爾解釋道。

「我可不想跑。」我說。

於是，我們只好匆忙向前，翻過了橋；只見橋上站着那個放哨的士兵。

「想挨槍子兒嗎？」等我們走到近前，他怒斥道。

「不了，謝謝。」我說。

埃米爾臉色凝重。

「要是這會兒沒過去，還得等多久？」他見我倆已經安全脫險，於是便問那哨兵。

「得等到一點鐘。」對方回道。

「兩小時！」埃米爾出奇地興奮，「本來，咱們得在這兒再等兩小時。他很火大，怪我們怎麼不快跑。」說着，他哈哈大笑起來。

於是，我們闊步走過平地，來到了賓館。進門以後，兩人各點了一杯熱牛奶。我說的是德語，可那俏麗的女侍者氣質優雅卻很高傲，她還是用法語回答我。她很瞧不起我們，把我們當廢物、窮光蛋。埃米爾有些窘迫，可我們還是衝她笑笑。於是她惱了，在吸煙室裏拉高嗓門，用法語說：

「Du lait chaud pour les chameaux.」

「她說『給駱駝喝的熱牛奶』。」我翻譯給埃米爾聽。小夥子聽了又困惑又氣憤。

然後，我敲敲桌面，招呼女侍者過來：

「服務員！」

她忿忿地走到門口。

「再來兩杯駱駝喝的牛奶。」我說。

於是，就見她一把擄走桌上的杯子，甚麼話也沒說，氣鼓鼓地走開了。

然而，這次端牛奶來的卻不是她，而是換了個德國姑娘。我和埃米爾見狀不禁大笑，那姑娘也只好跟着苦笑。

出了賓館，我們重新踏上旅程。埃米爾捲起袖管，放下衣領，然後敞開胸口，像是已經受不了了。也難怪，這時候正值晌午，日頭特別曬。你別說，他背個大背包的樣子，還真挺像那法國女侍者說的駱駝。

我們走的是下坡路。在距離賓館的不遠處，山勢陡降，一道巨大的裂縫從山頂的窪地延伸下來。

由南坡下山要遠比從北坡上山艱險得多，但也壯觀得多。南坡的山岩嶙峋、陡峭，溪水飛流直下。那已不是連綿的水流，而是奔瀉、喧譁的瀑布，落入遠處黑暗的溪谷。

但在這艷陽高照的南坡上，山路蜿蜒迂迴，繞了無數圈，總是又回到起點。爬坡的騾子就像推磨似的，一直在原地打轉。

因為埃米爾非要走小路，所以我們便像瀑布般嘩啦啦地一直往下沖，從高層跳到低層，只在其間稍事休息。

而且，這一旦開始，就再也刹不住。我們彷彿兩塊石頭，不斷顛簸着往下滾。埃米爾簡直樂開了花。他一邊彈跳，一邊揮動着細瘦、白皙的裸臂，胸口漸漸變得緋紅。這讓他感覺像是回到了運動俱樂部。所以，我們就這樣一路顛簸、下衝、騰跳。

南坡上陽光燦爛，蓊蓊鬱鬱的樹叢、幽幽暗暗的山陰，簡直美不勝收。這讓我不禁想起歌德，想起那個浪漫的年代：

「你可知那檸檬花開的土地？」[13]

兩個人跟隨着奔騰的溪流，跌跌撞撞直奔山下的南國而去。然而，這麼走終究太累人。我們在溪谷裏行色匆匆，兩旁全是聳峙的危岩。頭頂的岩脊上雜樹叢生，腳下的幽谷裏林木葱蘢。就這樣，我們一直向下、向下。

漸漸地，溪谷越來越寬廣，終於，開闊的谷口出現在前方。放眼望去，艾羅洛[14]已遠在我們腳下，鐵路從隧道口迤邐而出，整個山谷恰似一隻豐饒而明媚的羊角。

可憐的埃米爾上氣不接下氣，似乎比我還累。這一路，他穿着大靴子橫衝直撞，腳趾不免受傷疼痛。所以，一俟來到開闊的谷口，我們便放緩了腳步。埃米爾不説話了。

這谷口看似溫馴而有古風，不禁令我遙想起羅馬時代。我很願意相信，古羅馬的軍團曾在此安營紮寨，而那嚙噬灌木的羊群便是當時的遺種。

但就在這時，瑞士軍隊的營房卻再次映入眼簾；我們再次陷入了槍響與軍演的包圍之中。埃米爾和我又餓又累，但我們仍然不徐不疾地走着。帶的乾糧已經吃完了。

非常奇妙的是，這世界的南坡晴朗、乾燥又古老，簡直與北坡有着天壤之別。或許，牧神潘就棲居在那烈日曝曬的山岩中，在那蒼勁、陰翳的樹叢裏。你知道，這一切都在你的血液裏，化為了純粹而燦爛的記憶。所以，我便悠然向山下的艾羅洛走去。

山下的街道全都散發着意大利的氣息。屋外陽光明媚，屋內陰晦幽暗。而且和意大利一樣，這裏的路旁也栽種着月桂樹。可憐的埃米爾突然感覺自己來到了國外。他捋下袖管，收緊領口，重新穿上外套，豎起衣領。他突然臉色發白，神色變得異樣，一種陌生感在心頭油然而生。

我看見一家賣葡萄的蔬果店，正宗意大利風格，店堂裏黑洞洞的。

「這葡萄怎麼賣？」這是我到南方開口説的第一句話。

「六十塊錢一公斤。」看店的姑娘説。

那葡萄果然好吃，就跟意大利酒似的。

埃米爾和我一邊往車站走，一邊嚐着香甜的黑葡萄。

小夥子已經窮得叮噹響，所以我們只好在車站找了家三流的小飯館。他點了啤酒、麵包和香腸，我點了湯、煮牛肉和蔬菜。

飯菜端上來，份量還真不少。我見女侍者正忙着給別桌上朗姆酒咖啡，便趁機給埃米爾也拿了一副刀叉和湯匙，好讓他分享我的那份飯菜。那侍者——三十五歲的女人——轉身回來，看到這情形，狠狠瞪了我們一眼。我抬頭衝她憨笑，於是，她也只好報以會心的微笑。

「呵，看起來不錯啊。」埃米爾竊喜道。他這個人就是這麼腼腆。雖然那只是一家車站的飯店，可我們倆竟然吃得很開心。

吃完飯，兩人往月台上一坐，動也不動，等着火車進站。這地方很像意大利，連等車都那麼融洽、愉快；明媚的陽光下，熱鬧的世間一片祥和、溫馨。

我決定花一法郎來趟火車之旅，於是便選好目的地，買了車票。我買的是三等座，票價一法郎二十生丁。過了一會兒，車來了，我起身和埃米爾道別。他一直向我揮手，直到我淡出視線。很遺憾，他必須在此返回，雖然他其實很想繼續前行。

火車在提契諾河谷[15]裏行駛了十幾英里。一路上，我始終迷迷糊糊的，只記得對面坐了兩個胖墩墩的神父，都穿着很女氣的黑衣。

出了車站，頭一回感到這麼不舒服。我怎麼在這偏僻的地方下車？難道接着要改走那荒涼的公路？我不知道。但我還是開始挪動腳步。晚飯時間快到了。

這些意大利的公路，嶄新、規整，完全屬機器生活。世上再沒有比這更恐怖的了。從前的馬路一路都是好景，到達只是它婉曲的目的，而眼前的這些新馬路卻死氣沉沉的，比全世界的廢墟還要荒涼。

我在提契諾河谷裏一路跋涉，朝着貝林佐納[16]的方向。河谷或許很美麗吧：我不知道。我只記得那條公路，寬闊、嶄新，時常與鐵道並行，經過採石場、零星的廠房，還有大小的村莊。一路上，滿目都是污穢、骯髒，到了不堪設想的地步。而且，這污穢已經滲透到意大利人的生活中，假設此前並非如此的話。

舉目四望，到處都是採石場、製造廠，成片的宿舍樓突兀地聳立在路邊，高大、灰暗、荒涼。樓前的台階上，髒兮兮的孩子正在玩耍，髒兮兮的男人在一旁懶散地癱坐着。一切彷彿都處於重壓之下。

走在提契諾河谷的公路上，我再次感受到這新世界的恐怖，感受到它的悄然降臨。這感覺在郊區、在城市的邊緣尤為強烈：隨着房屋的步步進逼，土地正在遭受破壞。在英國，情況也是如此。然而，相比於在意大利公路上感受到的恐怖，這都不算甚麼。你看那些四四方方的建築，像盲目的龐然大物，從受傷的土地上陡然而起，周身散發着一種惡毒的氣息，殘害並毀滅着生命。

一切似乎就發生在農民背井離鄉、進工廠上班的那一刻。這之後，整個變化便滲透到每個角落。如今，生活已經變成出賣自我的奴工：修橋鋪路、採石挖礦，這些都已淪為毫無目的、毫無意義的苦役。每個人只是忙着自己的工作；除了賺錢和擺脫舊體制，再也沒有其他目的。

這些意大利的苦工從早做到晚，將生命全部耗費在無聊又粗暴的苦役上。他們是世界的苦工。他們埋頭苦幹，對周遭的世界全然不顧，對塵土與醜惡熟視無睹。

整個社會架構似乎正在坍塌；在崩解的過程中，所有人都在不停地盲動，就像奶酪裏蠕動的蛆蟲。公路、鐵道相繼建成，石料、礦產大量開採。然而，可怕的是，整個生活的機體、整個社會結構卻在以一種風化、腐爛的方式慢慢裂解。似乎，我們最終將只剩下一套發達的公路、鐵路和產業系統；與此同時，一個亂世正在這些造物之上孕育誕生。人類親手打造出一個鋼鐵的軀殼，然後，便任憑社會的機體在其中破碎、朽壞。這是極為駭人的領悟，而這樣的恐懼我在意大利的新馬路上感受尤為強烈。

對我而言，提契諾河谷的這段回憶就彷彿一場噩夢。不過，所幸我終於在夜色中抵達了貝林佐納。站在鬧市的中心，你仍能感受到鮮活的傳統。因為只有在極端情況下，譬如風乾與腐化，傳統才會分崩離析。

第二天早上，當我離開貝林佐納的時候，恐懼感再度來襲：嶄新、邪惡的公路，簇擁的四方大樓，躁動不安的苦工。只有看到開車進城的果農，才叫人稍覺安慰。可是，我也懼怕這些人，因為同樣的精神也已侵入他們的內心。

在瑞士，我再也快樂不起來，就算品嚐美味的黑莓，就算來到洛迦諾[17]，就算欣賞着馬焦雷湖[18]的美景。我內心鬱積着深沉的恐懼，懼怕那太過殘酷的崩壞與分裂。

路過一家小客棧，主人特別好客。他走進自家花園，把時鮮的葡萄、蘋果和桃子連葉摘下來，一股腦兒堆在我面前。這是個意大利血統的瑞士人，從前在伯爾尼的銀行上班；如今退休在家，買下父親遺留的房產，過上了逍遙自在的生活。此人年紀五十上下，每天只管蒔花弄草，把客棧全都交給女兒打理。

他拽住我，聊意大利，聊瑞士，聊工作，聊生活。他退休了，自由了。然而，那自由也只是名義上的，只是擺脫了工作的奴役。他深知，自己終於逃離的制度仍將存在，並且會吞噬他的子子孫孫。他自己多少躲進了舊時的生活。可是，當和我一起走上山坡，眺望遠方盧加諾的公路，這時他便立刻發現，其實這舊秩序也在一點點破裂、瓦解。

他為甚麼和我聊這些？好像我滿懷着甚麼希望似的，好像我代表了甚麼正面的真理，足以抵抗那從山下步步進逼的負面真理。我又害怕起來，於是在馬路上加快了腳步，匆忙經過林立的房屋，那灰暗、粗糙、從腐壞裏長出的結晶。

我看見有個姑娘裸露着一雙美腿，腳踝跟銅片似的在太陽下閃閃發光。她正在葡萄園邊上的地裏幹活兒。我瞬間被她美麗的胴體迷住了，於是便駐足觀看。然後，她開始衝我叫喊，我聽不懂那口音，只覺得她是在取笑我、捉弄我。她的聲音很沙啞，而且充滿了挑釁。我心裏發怵，只好繼續趕路。

我在盧加諾住的是一家德國旅館。記得那時坐在湖畔暗處的長椅上，望着樹下、路燈下往來的遊人漫步於湖濱。我至今仍能想見那一張張臉：英國人、德國人、法國人、意大利人。似乎這裏，這個度假勝地，正是一切崩潰的要害、裂解與腐壞的中心。那些在湖濱徘徊的人潮乾裂、易碎；那些出入於酒店的男女，看似衣冠楚楚，實則居心不良。普通的訪客、閒散的遊人、工匠、青年、城裏人，大家都在縱情調笑、揶揄。而這簡直荒淫、邪惡到近乎下流。

我在這群人中間坐了很久，腦海裏一直浮現出那個古銅膚色的姑娘。最後，我起身回到旅館，在休息廳翻了一會兒報紙。這裏和湖濱一樣，森然恐怖，雖然感覺沒有那麼強烈。

然後，我就上床了。這旅館就建在斜坡的口子上，也不知為何至今未曾發生天災，將那些山全部推倒。

次日清晨，我沿着湖岸散步，想找艘輪船渡我到終點。要說這盧加諾湖，其實並不美，不過是風景如畫罷了。我想，當年羅馬人興許來過這裏。

然後，我便坐船來到湖區的下游。上岸後，沿鐵道一路走，突然見一幫人在大吼大叫。他們拽住一頭淺白、高大的公牛，正要給牠釘蹄鐵。懸在半空的公牛又是猛踢、又是衝撞，死也不肯就範。只見牠那蒼白、軟滑的軀體奮力掙扎着，剛烈、激憤，不停抽搐，而一旁的男女卻用繩索勒住牠，拼命往下摁。我覺得這情景實在太詭異。然而，那公牛一直扭動、翻騰，有幾個人根本縛不住牠。於是，大夥兒只好退到路邊；地上剩下一攤滾燙的牛糞。這時，公牛又開始掙扎、撲騰，圍觀的男子也跟着一起嚎叫，半是得意，半是嘲笑。

我實在不忍心看，只好繼續趕路。這段路也到處塵土飛揚，但卻沒那麼恐怖，也許是比較早建成通車吧。

基亞索[19]是座沉悶的小城。我在城裏喝了杯咖啡，然後就去海關看那進出的人潮。瑞士和意大利的海關辦事處相距僅咫尺之遙，每個人來這裏都必須停步接受檢查。我走進辦事處，把帆布背包打開給工作人員看，隨後便跳上有軌電車，直奔科摩湖而去。

電車上多是衣着講究的女人，時髦卻很矜持。她們有的坐火車剛到基亞索，有的則一直在市中心購物。

到了終點站，在我前面下車的姑娘把陽傘忘在了車上。我自知灰頭土臉，容易被人當作築路工。可是，我卻忘了該甚麼時候下車。

「抱歉，這位小姐，」我叫住那姑娘。她回頭鄙夷地瞪了我一眼——「呵，原來並不是甚麼貴小姐啊，」我一瞧她那樣子，自言自語道——「您把陽傘忘車上了。」

只見她一轉身，向座位狂奔而去，跟丟了魂似的！我站在旁邊，目睹了她的一舉一動。然後，她走到馬路上，往樹蔭下一站，呵，還真是個倔丫頭。

我對科摩湖的觀感和對盧加諾一樣：當年羅馬人來到的時候，這必定是個美妙至極的所在。可如今，這裏別墅林立，依然美妙的或許只剩下那日出了吧。

隨後，我坐船到了下游的科摩，晚上投宿在一家石窟模樣的老客棧，那地方很不錯，人也非常親切。第二天一早，出了客棧，到城裏逛了一圈。先是那科摩大教堂，祥和與古樸之中依然煥發着昔日的光輝。接着又到了市場，發現有人在批發販售栗子，一堆堆、一袋袋鮮亮、棕色的栗子，買賣的農民都很起勁。我在想，大概一百年前，科摩這地方就已相當繁華，而如今它更成了國際大都會。於是乎，教堂逐漸淪為古蹟，博物館變成了景點，到處瀰漫着享樂至上的銅臭味。我不敢再冒險步行去米蘭，所以就坐上了火車。週六的午後，閒坐在米蘭的大教堂廣場[20]，手捧一杯金巴利苦酒，旁觀周圍的意大利城市人縱情地飲酒、談笑。我發現，這裏的生活依然蓬勃而有生氣，但崩解的力量也同樣強大。五光十色的花花世界佔據了人的身體與心靈。然而，一切都在散發着同樣的惡臭：一切都在機械化，人類生活的全盤機械化。

註釋：

[1] 盧塞恩（Lucerne），瑞士中北部城市，以湖山美景著稱。

[2] 里吉山（Mt. Rigi），瑞士中部著名山脈，素有「山中王后」的美譽。

[3] 出自《聖經·馬太福音》五章五節：「溫柔的人有福了！因為他們必承受地土。」

[4] 富爾卡山口（the Furka Pass），位於瑞士境內，阿爾卑斯山著名隘口之一，海拔二四二九米。

[5] 羅納冰河（the Rhône Glacier），位於瑞士境內的阿爾卑斯山區，係日內瓦湖的主要水源之一。

[6] 安德馬特（Andermatt），溝通瑞士東西南北的要衝，位於富爾卡山口的東側。

[7] 茵特拉肯（Interlaken），瑞士著名度假勝地，因地處兩湖之間而得名。

[8] 埃克塞西奧（Excelsior），男子名，有「奮進向上」之意。

[9] 斯凱格內斯（Skegness）、博格諾（Bognor）均為英國著名的海濱度假勝地。

[10] 戈特哈特隧道（the Gotthard Tunnel）全長十五公里，一八八一年竣工。行經此處的鐵路穿過阿爾卑斯山，是溝通歐陸南北的重要國際線。

[11] 巴塞爾（Basel），瑞士西北部城市，位於萊茵河畔、法德兩國交界處。

[12] 格舍嫩（Göschenen），位於戈特哈特鐵路隧道的北端，係重要的鐵路樞紐。

[13] 出自歌德的成長小說《威廉·邁斯特的學習時代》（第三卷第一章），曾譜為歌曲，廣為傳唱。

[14] 艾羅洛（Airolo），瑞士鐵路樞紐，位於戈特哈特隧道的南口。

[15] 提契諾河谷（the Ticino Valley），位於瑞士南部與意大利接壤處。

[16] 貝林佐納（Bellinzona），位於阿爾卑斯山腳下，提契諾河東岸，以古堡而聞名世界。

[17] 洛迦諾（Locarno），瑞士南方小城，地處馬焦雷湖北端，居民多以意大利語為母語。

[18] 馬焦雷湖（Lago Maggiore），長六十八公里、寬三至五公里，位於阿爾卑斯山南麓，瑞士和意大利的邊界。

[19] 基亞索（Chiasso），瑞士最南端城市，位於瑞士與意大利的邊界。

[20] 大教堂廣場（Cathedral Square），位於米蘭市中心，係一長方形廣場，佔地一萬七千平方米。廣場中央豎立着國王厄瑪努埃爾二世的騎馬銅像，四周有拱廊、大教堂及博物館等重要建築。

天地外國經典文庫

⑪ 一九八四
［英］喬治·奧威爾 著　董樂山 譯

⑫ 老人與海
［美］歐內斯特·海明威 著　李育超 譯

⑬ 泰戈爾散文詩選集
［印度］羅賓德拉納特·泰戈爾 著　吳岩 譯

⑭ 荷風細語
［日］永井荷風 著　陳德文 譯

⑮ 流動的盛宴
［美］歐內斯特·海明威 著　湯永寬 譯

⑯ 最後一片葉子
［美］歐·亨利 著　黃源深 譯

⑰ 面紗
［英］威廉·薩默塞特·毛姆 著　張和龍 譯

⑱ 漂泊的異鄉人
［英］D·H·勞倫斯 著　劉志剛 譯

⑲ 莎士比亞十四行詩集
［英］威廉·莎士比亞 著　馬海甸 譯

⑳ 變形記
［奧］弗蘭茨·卡夫卡 著　謝瑩瑩等 譯

天地
www.cosmosbooks.com.hk

書　　名　漂泊的異鄉人（Italians in Exile）

作　　者　D. H. 勞倫斯（D. H. Lawrence）

譯　　者　劉志剛

編輯委員會　馬文通　梅　子　曾協泰
孫立川　陳儉雯　林苑鶯

責任編輯　宋寶欣

美術編輯　郭志民

出　　版　天地圖書有限公司
香港皇后大道東109-115號
智群商業中心15字樓（總寫字樓）
電話：2528 3671　傳真：2865 2609
香港灣仔莊士敦道30號地庫／1樓（門市部）
電話：2865 0708　傳真：2861 1541

印　　刷　美雅印刷製本有限公司
香港九龍官塘榮業街 6 號海濱工業大廈4字樓A室
電話：2342 0109　傳真：2790 3614

發　　行　香港聯合書刊物流有限公司
香港新界大埔汀麗路36號中華商務印刷大廈3字樓
電話：2150 2100　傳真：2407 3062

出版日期　2019年9月／初版

ISBN ： 978-988-8548-35-4

本書譯文由上海譯文出版社有限公司授權繁體字版出版發行